CHAMBRES NOIRES

DU MÊME AUTEUR

Ce que tu as fait de moi, Belfond, 2019
Toutes blessent, la dernière tue, Belfond, 2018 ; Pocket, 2019 ; prix de l'Évêché 2019 ; prix Plume d'or du thriller francophone 2019 ; prix Évasion 2019 ; Book d'or thriller du prix Bookenstock 2019
D'ombre et de silence, nouvelles, Belfond, 2017 ; Pocket, 2018
Terminus Elicius, Rail noir, 2004 ; Pocket, 2011 ; Belfond, nouvelle édition, 2016 ; Prix marseillais du polar 2005
De force, Belfond, 2016 ; Pocket, 2017
Satan était un ange, Fleuve noir, 2014 ; Pocket, 2015
Purgatoire des innocents, Fleuve noir, 2013 ; Pocket, 2014 ; prix des Lecteurs du Var 2014
Maîtres du jeu, Pocket, 2013
Juste une ombre, Fleuve noir, 2012 ; Pocket, 2013 ; Prix marseillais du polar 2012 ; prix Polar francophone au festival Polar de Cognac 2012
Jusqu'à ce que la mort nous unisse, Fleuve noir, 2009 ; Pocket, 2011 ; prix des Lecteurs au festival Polar de Cognac 2010
Chiens de sang, Fleuve noir, 2008 ; Pocket, 2010
Les Morsures de l'ombre, Fleuve noir, 2007 ; Pocket, 2009 ; prix Intramuros 2008 ; prix SNCF du polar 2009 ; prix Polar Derrière les murs 2009
Meurtres pour rédemption, Rail noir, 2006 ; Fleuve noir, 2010 ; Pocket, 2012

KARINE GIEBEL

CHAMBRES NOIRES

Nouvelles

belfond

Belfond | un département **place des éditeurs**

place
des
éditeurs

LE VIEUX FUSIL

Le Vieux Fusil est un film de Robert Enrico sorti en salles en 1975.

Le paysage devient flou, Martin secoue la tête pour sortir de sa torpeur puis baisse la vitre. Un souffle glacé lui fouette le visage, il est à nouveau concentré. Il n'a pas assez dormi cette nuit, a trop bu hier soir. Il aurait dû attendre samedi pour fêter la bonne nouvelle. Mais quelle soirée ! Il sourit à la route déserte. Toujours déserte, à cette heure matinale. De toute façon, peu de voitures empruntent cette bande d'asphalte qui serpente au milieu des bois. Ils préfèrent tous passer par la départementale, contourner la forêt au lieu de la traverser.

Hier soir, Martin était en compagnie de Charly et Bruno, ses meilleurs amis. Il les avait invités à l'Auberge du prieuré pour un repas gargantuesque, copieusement arrosé. Évidemment, ce matin, sa femme lui a fait une scène. De toute façon, Lucie n'a jamais aimé ses amis, jamais partagé ses passions.

Et depuis le drame, leur relation s'est détériorée, leur amour effrité.

Le sermon de ce matin, Martin ne l'a pas supporté. Il a été obligé de remettre Lucie à sa place. De lui rappeler qui rapporte le fric à la maison.

Sa maison.

Les enfants dormaient encore lorsqu'ils se sont engueulés. Alors Martin a pu lui expliquer clairement qui commande à la maison.

Sa maison, il ne faudrait pas qu'elle l'oublie.

Une fois de plus, ça s'est terminé dans un bain de larmes. Pleurer, c'est tout ce qu'elle trouve comme défense. S'il n'y avait pas les gosses, Martin l'aurait foutue à la porte depuis longtemps.

Mais qui s'occuperait d'eux ?

En jetant un œil dans le rétroviseur, il aperçoit un magnifique Raptor qui s'approche à grande vitesse. Martin ne peut décrocher son regard de la calandre du pick-up américain. Une voiture qu'il ne pourra jamais se payer. Il amorce un virage serré et lorsqu'il débouche sur la ligne droite, le Ford est collé derrière lui.

— Allez, vas-y, double ! marmonne-t-il. T'as ce qu'il faut sous le capot !

Le Raptor déboîte et s'élance sur la route humide. Tandis qu'il dépasse le 4×4 de Martin, il fait une brusque embardée à droite. Le choc est violent, Martin perd le contrôle de son véhicule qui mord le bas-côté avant de revenir dans le droit chemin. Il enfonce la pédale de frein, le Raptor s'immobilise dix mètres devant lui.

— Merde, mais quel con !

Martin reprend ses esprits quelques secondes puis déboucle sa ceinture. Il quitte sa voiture en vociférant.

— Ça va pas ou quoi ? T'es malade !

Soudain, il se tait. Le conducteur du Raptor est descendu à son tour. Un colosse avec un foulard qui lui couvre la moitié du visage.

Un homme qui pointe sur Martin le canon d'un automatique.

— Les mains sur le capot.

La cible met une seconde à réagir, l'agresseur hausse le ton.

— Les mains sur le capot, tout de suite. Sinon je t'abats comme un chien.

Martin obtempère et pose les paumes sur la carrosserie de son 4×4. C'est alors qu'il reçoit un coup sur la nuque. Il s'effondre, sa tête heurte brutalement le goudron froid et mouillé. Il n'a pas perdu connaissance et distingue une seconde silhouette sur la route. Tout est flou, la nausée lui soulève le cœur. Il sent une piqûre dans le cou, on le traîne ensuite sur le sol rugueux. Il est hissé sans ménagement dans la benne du pick-up dont le couvercle se referme sur lui comme celui d'un cercueil.

C'est à cet instant qu'il plonge dans un gouffre sans fond et sans lumière.

Une douleur lancinante remonte de sa nuque jusqu'au sommet de son crâne endolori. Il ouvre les yeux.

Noir total.

Bouche sèche, échine mouillée par une sueur glacée.

Martin met quelques secondes à réaliser qu'il est assis, que ses poignets sont attachés, ses yeux bandés. La peur enfonce ses crocs dans sa chair devenue tendre. Il voudrait bouger ses jambes engourdies, mais quelque chose l'en empêche. Ses chevilles, entravées elles aussi.

— Monsieur Dorgeval ?

Martin sursaute.

— Qui… Qui êtes-vous ? Qu'est-ce que vous… me voulez ?

— Monsieur Dorgeval, vous comparaissez aujourd'hui devant un tribunal spécial.

— Hein ?

— Je vous prie de ne pas interrompre les membres de la cour. Vous parlerez quand on vous y invitera. Sinon je me verrai dans l'obligation de vous faire taire.

La voix masculine est grave, ferme. Terriblement froide et déterminée. Et elle ne lui est pas totalement étrangère. Martin déglutit bruyamment.

— Avez-vous compris ? vérifie la voix.

Le prévenu hoche la tête.

— Parfait. Reprenons… Il y a six ans, cinq mois et quatre jours, vous avez été présenté devant la chambre correctionnelle du tribunal de grande instance de Clermont-Ferrand, qui vous a condamné à dix-huit mois de prison dont douze avec sursis. À la suite de cette condamnation, le juge d'application des peines a aménagé votre sanction et vous n'avez, au final, exécuté que deux mois de prison ferme. Est-ce exact, monsieur Dorgeval ?

Martin hésite à répondre.

— Est-ce exact, monsieur Dorgeval ?

— Oui, mais…

— Pas de digression, ordonne la voix. Les faits, seulement les faits.

Martin renonce à poursuivre.

— Justement, revenons sur les faits…

L'homme se tait, Martin a du mal à respirer. Un vertige insidieux lui donne l'impression que sa chaise donne de la gîte, que ses pieds s'enfoncent dans le sol. Et cette maudite douleur dans le crâne !

— Article 221-6 du Code pénal…

Martin est surpris : désormais, c'est une femme qui parle. Une voix jeune, gorgée d'émotion et de colère.

— Le fait de causer, dans les conditions et selon les distinctions prévues à l'article 121-3, par maladresse, imprudence, inattention, négligence ou manquement à une obligation de prudence ou de sécurité imposée par la loi ou le règlement, la mort d'autrui constitue un homicide involontaire puni de trois ans d'emprisonnement et de 45 000 euros d'amende.

La voix s'accorde une pause.

— En cas de violation manifestement délibérée d'une obligation particulière de prudence ou de sécurité imposée par la loi ou le règlement, les peines encourues sont portées à cinq ans d'emprisonnement et à 75 000 euros d'amende.

La tête de Martin penche sur le côté. Il a envie de vomir.

— La séance est levée, décide soudain la voix masculine. J'ai le sentiment que l'accusé n'est pas en état d'écouter la suite. Nous reprendrons demain matin.

Martin entend des bruits, des pas.

— Eh ! s'écrie-t-il. Qu'est-ce que… Qu'est-ce que ça veut dire, tout ça ?

Un violent choc dans l'estomac le plie en deux.

— Je t'avais prévenu, murmure la voix à son oreille.

Sans doute la nuit la plus longue de sa vie.

L'effet de la drogue a continué des heures durant, entre vertiges, confusions et nausées, aggravant encore l'angoisse qui lui serre la poitrine. Ses poignets sont douloureux, ses membres ankylosés.

Le froid, mordant.

Martin ignore ce qui l'attend dans cet endroit inconnu, cette totale obscurité.

Pourtant, il sait pourquoi il est là.

Il y a six ans, cinq mois et quatre jours…

Quel astre brille dans le ciel ? Le soleil ou la lune ? Est-il loin de chez lui ou tout près ? Lucie a-t-elle prévenu la police ?

Bien sûr qu'elle a alerté les secours ! Quoique… Après la dispute, elle pense peut-être qu'il a volontairement découché.

Soudain, des voix qui chuchotent, des pas qui approchent. Une porte qui s'ouvre.

— Accusé, levez-vous ! ordonne la voix masculine.

Un silence suivi d'un petit rire effrayant.

— Ah, c'est vrai que vous ne pouvez pas bouger, pardonnez-moi !

En plus, cet enfoiré le nargue.

— Bien, reprenons, voulez-vous ?

Brusquement, Martin reconnaît le bruit d'un pistolet qu'on arme.

— Mais nous allons arrêter de perdre notre temps, continue la voix. Et nous allons passer directement au verdict.

Martin se raidit sur sa chaise. À n'en pas douter, ce verdict sera une balle dans la tête.

La voix féminine prend le relais.

— En application stricte de l'article 221-6 du Code pénal, dont la cour vous a précédemment fait lecture, les juges vous condamnent à dix ans de réclusion criminelle.

— Dix ans de prison *ferme*, enchaîne l'homme. Cinq ans pour elle, cinq ans pour lui.

On lui détache les chevilles, on le soulève de sa chaise, il se met à hurler.

— Vous n'avez pas le droit !

Un coup de crosse en pleine tempe lui coupe la parole.

— Et toi ? murmure l'homme. Tu avais le droit, peut-être ?

— C'était un accident ! gémit Martin d'une voix pathétique.

On le traîne sur des mètres et des mètres, on le force à descendre un escalier, on le jette sur le sol. On lui ôte le bandeau qu'il porte sur les yeux, on lui enlève les menottes.

On éteint la lumière et on ferme une porte.

Puis une autre.

Il a rampé dans le noir, a rapidement atteint un mur froid. Des heures qu'il grelotte dans une insondable solitude.

Cinq ans pour elle, cinq ans pour lui.

Quelle heure peut-il être ? Martin a déjà perdu la notion du temps. Il rêve d'entendre arriver la cavalerie, les gendarmes ou les flics.

On vous a retrouvé, tout va bien maintenant, monsieur Dorgeval.

Une faible lumière éclaire subitement son malheur. Il comprend qu'une ampoule s'est allumée de l'autre côté de la porte qui lui fait face et qu'il découvre. Une porte grise, munie d'une petite grille dans sa partie supérieure.

— Asseyez-vous contre le mur et passez vos mains dans les ouvertures, ordonne la voix masculine.

Martin ne bouge pas.

— Si vous ne voulez pas mourir, obéissez.

Le prisonnier se remet debout avant de se diriger lentement vers la porte.

— Sur votre droite, indique la voix. En bas…

Martin distingue deux passages étroits et comprend enfin ce qu'on attend de lui. Il s'assoit dos au mur, glisse ses mains dans les trous prévus à cet effet. On lui menotte les poignets, il ne peut plus bouger. La porte s'ouvre, une lumière tamisée s'invite dans la pièce exiguë. Ses deux geôliers entrent à leur tour. Martin reconnaît enfin le visage de son ennemi, découvre celui de sa complice. Elle doit avoir moins de vingt ans.

— Bonjour, monsieur Dorgeval, dit l'homme. Bien dormi ?… Nous allons vous expliquer comment va se dérouler votre détention.

— Cette pièce est votre cellule, poursuit la jeune femme. Elle le sera pour les dix ans à venir. Elle mesure neuf mètres carrés, comme n'importe quelle cellule de n'importe quelle prison. Ainsi que vous pouvez le constater, vous avez à votre disposition un lavabo et l'eau courante. Cette eau est potable. Il y a également des WC.

— Tout le confort moderne ! ricane l'homme.

Avec horreur, Martin découvre sa cage. Quatre murs sales et humides, une paillasse avec un matelas de laine, une couverture pliée dessus. Une petite table et une chaise sur le mur opposé. Sur un meuble à tiroirs, un réchaud électrique et une lampe. Juste au-dessus, une étagère garnie de quelques provisions.

Dorgeval se retient de hurler. Il tente de se souvenir du prénom de l'homme, sa mémoire lui fait défaut. Son nom, il ne pourra jamais l'oublier.

— Écoutez, Tardieu, ma femme a déjà prévenu la police et ils ne tarderont pas à me retrouver.

Julien Tardieu s'accroupit face à lui.

— Vous retrouver, dites-vous ? Et par quel miracle vous retrouveraient-ils ? Vous-même ignorez où vous êtes !

Les mâchoires de Martin se serrent.

— Personne ne vous retrouvera, Dorgeval. Faites-moi confiance.

Martin tourne la tête vers la jeune femme.

— Vous devez être sa fille ? suppose-t-il. Vous ne devriez pas le laisser faire ça. Vous allez avoir des ennuis avec la justice !

Florence le fixe à son tour.

— C'est quoi, la *justice* ? Cette chose qui laisse les meurtriers en liberté ? C'est de cette mascarade que vous parlez, monsieur Dorgeval ? La justice, la vraie, c'est nous.

Père et fille quittent la cellule et la porte claque lourdement. Trois verrous s'enclenchent successivement avant qu'on libère ses poignets. Martin se relève et s'approche de la grille.

— Revenez, Tardieu ! Ne me laissez pas dans ce trou ! On devrait parler, vous et moi !

La lumière s'éteint, la geôle est à nouveau plongée dans le noir.

— Tardieu ! Espèce de salaud ! Quand je sors, je te fais la peau !

Plus loin, une nouvelle porte se ferme, Martin n'entend plus rien. Il se souvient subitement de la lampe sur le meuble. À tâtons, il part à sa recherche et ne tarde pas à mettre la main dessus. Il trouve l'interrupteur. Enfin, une lumière rassurante se diffuse dans la pièce froide et triste.

C'est alors que Martin s'aperçoit que le mur du fond est tapissé de photos. Une centaine de clichés pour un seul et même visage.

Celui de Clara.

Dans cette tombe étanche, impossible de savoir s'il fait jour ou s'il fait nuit.

S'il fait beau ou si le ciel est gris.

Heureusement, Martin a encore sa montre mécanique au poignet. 17 heures, sa première journée de prison touche à sa fin. Assis sur sa paillasse, il essaie de compter pour s'occuper l'esprit.

Dix ans… ça représente quoi ?

Vingt-quatre multiplié par sept, ça fait… Cent soixante-huit.

Cent soixante-huit multiplié par quatre, ça donne… Il finit par trouver la réponse : six cent soixante-douze heures pour un mois.

Six cent soixante-douze multiplié par douze est égal à… Là, il lui faut de longues minutes pour procéder au terrible calcul.

Une année, c'est plus de huit mille heures.

Ne reste plus qu'à multiplier par dix… Un vertige puissant s'empare de lui. L'impression d'être aspiré dans un trou noir.

Il se lève brusquement, se met à marcher dans la cellule. Inutile de compter, il ne restera pas dix ans enfermé ici ! Les secours viendront le chercher dans quelques heures, au pire quelques jours.

Il fait l'inventaire des provisions laissées par ses tortionnaires : une quinzaine de boîtes de conserve. De toute façon, il mourra de faim avant d'avoir enduré les quatre-vingt mille heures de réclusion !

Dans le tiroir de la petite table, il déniche quelques feuilles blanches et un crayon. Il trace un premier trait maladroit sur le mur pâle puis se met à examiner la porte. En acier, munie de trois points de fermeture.

Inviolable.

Ivre de rage, il donne plusieurs coups de pied dedans. Elle ne tremble même pas.

Il se plante face aux photos. Clara le regarde, le fixe, le juge, du haut de son insolente beauté.

— Tu as détruit ma vie, salope !

Il voudrait arracher les clichés, mais ils sont protégés par un fin grillage scellé au mur. Tardieu a tout manigancé pour le rendre fou !

Taraudé par la faim, Martin ouvre une première boîte de conserve. Un mélange de légumes et de céréales, riche en protéines promet l'étiquette. De la bouffe végétarienne, bien sûr ! Il verse le contenu dans la casserole et allume le petit réchaud électrique, branché à l'unique prise de la pièce.

Après avoir mangé la moitié de la boîte, il avale un demi-litre d'eau et s'allonge sur sa paillasse.

La lampe est sa seule amie, il faut en économiser les piles.

Alors Martin l'éteint et plonge dans les ténèbres.

Quatre-vingt mille heures… Il sera mort bien avant.

Tenir, le plus longtemps possible. Avec le peu de nourriture que ses bourreaux lui ont laissé. Car, Martin en est sûr, les secours vont arriver.

Reste à savoir dans combien de temps.

Il y a désormais cinq traits sur le mur. Cinq jours en enfer.

Il mange une demi-boîte de conserve par jour, la faim le tenaille du matin au soir. Quand il parvient à dormir, les plats défilent devant ses yeux. Martin rêve qu'il mange. Du gibier, des pâtes, des pizzas, du foie gras, de la choucroute, une blanquette de veau, une daube de bœuf…

Martin rêve qu'il boit. Du vin rouge, du whisky… Ou même simplement du café.

Depuis hier, il a changé ses habitudes. Il s'est dit qu'il devait faire attention à ne pas se laisser aller malgré les circonstances. Ne pas s'effondrer.

Chaque matin, il commence par quelques exercices physiques. Flexions, pompes, abdominaux… Puis il se rase, grâce au rasoir électrique, avant de faire sa toilette au lavabo et à l'eau froide. Il se demande pourquoi les Tardieu ont placé tout cela dans sa cellule alors qu'ils veulent le voir crever : du dentifrice, du savon, deux serviettes propres, de la lessive, une tenue de rechange… Il y a également quelques sachets de tisane et une bouilloire. La première fois que Martin a goûté la camomille, il a failli vomir. Mais une boisson chaude chaque soir l'aide à se réchauffer dans cette glacière humide.

Trois fois par jour, à des heures différentes, il appelle au secours. Il ignore où il se trouve, ignore si quelqu'un peut l'entendre, mais ça vaut la peine d'essayer. Et puis hurler le défoule, lui fait du bien.

Hurler, même si c'est dans le vide.

Il n'allume la lampe que quelques minutes par jour pour échapper aux ténèbres et à la folie.

Tenir, le plus longtemps possible.

Tenir et garder espoir.

Sinon, dans une semaine, c'est un cadavre qu'ils trouveront. Car Martin en est sûr ; dans une semaine, les secours viendront. Et son calvaire prendra fin.

La mine usée du crayon trace un trentième trait.

La dernière boîte de conserve trône sur l'étagère depuis trois jours.

Trois jours sans manger.

Martin regarde l'ultime provision à la lueur d'une lampe à l'agonie.

Bientôt, il sera dans l'obscurité totale. Et même s'il connaît le moindre recoin de sa cellule, même s'il peut s'y déplacer sans lumière, il sait que, lorsque son soleil artificiel s'éteindra, il plongera dans un monde inconnu.

Il basculera vers autre chose.

Il perdra la raison.

Enroulé dans sa couverture kaki, il assiste aux derniers soubresauts de l'ampoule. Les piles rendent l'âme, le visage de Clara disparaît. La cellule est engloutie, comme absorbée par la terre.

Martin se met à sangloter tel un enfant.

***

Une lumière l'oblige à cligner des paupières.

— Bonjour, monsieur Dorgeval. Asseyez-vous contre le mur et passez vos mains dans les ouvertures, ordonne la voix masculine.

Pendant quelques secondes, Martin pense qu'il délire encore.

— Monsieur Dorgeval, je vous conseille d'obéir. À moins, bien sûr, que vous n'ayez besoin de rien… Ce qui m'étonnerait fort !

Martin obtempère, dans un mélange de crainte et d'espoir. Tardieu lui menotte les poignets puis la porte s'ouvre et une lumière crue pénètre cette fois dans la cellule, en même temps que Julien et Florence.

— Comment se sont passés vos trente-cinq premiers jours de détention ? s'enquiert Tardieu avec un sourire narquois.

Martin le défie d'un regard brutal.

— J'ai survécu, comme tu peux le voir.

— En effet, vous avez survécu. Mais c'est parce que nous l'avons bien voulu, reprend Julien. En prison, il faut cantiner, monsieur Dorgeval. Vous savez ce que ça signifie ?

Face au silence du condamné, Florence poursuit :

— Ça veut dire que les détenus doivent tout payer, ou presque tout. Disons que l'administration pénitentiaire leur offre le minimum vital, mais pour le reste…

— Quel reste ? crache Dorgeval.

— Les piles, par exemple.

La gorge de Martin se serre.

— Elles ont dû se vider, non ? reprend la jeune femme. Ça doit être difficile de rester dans le noir…

— C'est du fric que vous voulez ? espère le prisonnier.

— Du *fric* ? répète Julien. J'en ai bien plus que vous ! Non, monsieur Dorgeval. Nous voulons simplement que vous purgiez la peine que vous méritez.

— Et comme nous sommes cléments, nous vous offrons de quoi survivre, enchaîne Florence.

Elle attrape un sac de supermarché resté devant la porte et le pose sur la table. Elle en sort diverses choses.

— Des piles, de la nourriture, deux serviettes propres, un savon, du dentifrice, des sachets de tisane… Pour les vêtements, vous voudrez bien les laver, ajoute-t-elle en regardant les habits sales qui jonchent le sol. Car vous n'en aurez pas d'autres.

Elle se plante devant le mur du fond, observe les portraits de Clara. Puis elle se retourne vivement vers le prisonnier.

— Elle était belle, n'est-ce pas ?

Martin ne réagit pas.

— Il paraît que je lui ressemble, continue Florence.

Ses yeux se troublent, sa voix change.

— Laisse-nous, papa, ordonne-t-elle soudain.

Surpris, Julien fronce les sourcils. Mais, sans poser de questions, il s'éclipse. Alors Florence s'approche de Dorgeval.

— J'étais avec elle, dans la voiture…

La respiration de Martin s'accélère.

— J'étais assise à l'arrière puisque je n'avais pas encore dix ans. J'avais neuf ans, onze mois et six jours… Maman venait de m'annoncer que j'allais avoir un petit frère.

Le regard de Florence s'enfonce dans celui de Martin. Malgré le froid, il sent une goutte glacée couler sur sa nuque. Sans doute parce que la jeune femme a la main posée sur la crosse de l'arme qu'elle porte à la ceinture.

— Je me souviens que j'étais folle de joie. Un peu angoissée, mais folle de joie… Maman a placé un disque dans le lecteur et nous nous sommes mises à chanter à tue-tête !

Les larmes contenues atteignent le bord de ses yeux, ses lèvres se mettent à trembler.

— Et puis il y a eu ce bruit, atroce.

Martin n'ose pas l'interrompre.

Soudain, Florence s'écarte de lui. Elle récupère le sac de courses vide et quitte la pièce sans rien ajouter. Julien prend sa place et fixe son ennemi quelques secondes.

Celui qui lui a volé sa vie.

Cet ennemi défiguré, déjà. Il a dû perdre au moins dix kilos, ses joues se sont creusées, son visage asséché.

— Les flics sont venus nous voir, annonce-t-il d'une voix froide.

Martin tente de cacher l'espoir qui ranime son cœur.

— Ils m'ont dit que ta femme avait signalé ta disparition, qu'ils te cherchaient… Ça ne te dérange pas que je te tutoie, j'espère ?… J'ai répondu à leurs questions et ils nous ont *discrètement* surveillés pendant quelques jours ! Ensuite, ils ont laissé tomber. Je ne crois pas qu'ils soient très motivés par ton cas, Dorgeval. Tu es majeur, libre de t'évaporer dans la nature si ça te chante. D'abandonner femme et enfants.

— Ils ne croiront jamais ça !

Un sourire sardonique se dessine sur le visage de Tardieu. Il se penche vers Martin, lui chuchote quelques mots à l'oreille :

— J'ai oublié de te dire un truc… J'ai récupéré les clefs de chez toi dans ton 4×4 avant de le faire disparaître. Et deux heures après ton enlèvement, alors que ta femme était partie emmener les enfants à leur cours de tennis, je suis entré dans ta maison…

Le cœur de Martin cesse de battre.

— Elle est sympa, ta baraque, poursuit Tardieu. Un peu isolée de tout, mais sympa. Bref, j'ai rempli un sac de sport avec tes fringues.

Dorgeval ferme les yeux.

— Tu sais quoi ? Tout le monde pense que tu t'es tiré. Comme le lâche que tu es. Tout le monde, ou presque. Il y a quelques-uns de tes amis qui te cherchent partout… Ta charmante épouse aussi. Mais bon, ne te fais pas d'illusions, ils ne te retrouveront pas.

Florence, à la porte de la cellule, n'a rien perdu de la conversation.

— Allez, viens, papa. On se casse.

— J'arrive, ma chérie...

La porte se ferme, les menottes s'ouvrent, Martin se lève.

— Fais attention à tes provisions, prévient Julien. Parce que je ne sais pas quand nous reviendrons. D'ailleurs, je ne sais pas *si* nous reviendrons.

***

Martin n'allume la lampe que quelques minutes, de temps en temps. Pour se raser, se laver, manger. Pour échapper à la peur et aux démons qui se faufilent jusque sous sa couverture. Et même sous sa peau.

Mais il n'y a pas que les ténèbres qui l'angoissent. Il y a le silence. Total, terrible.

Pas un bruit ne l'atteint. Un bruissement de feuille, le souffle du vent, le moteur d'une voiture, le pas d'un homme.

Rien.

Parfois, il laisse couler l'eau dans le lavabo pour entendre quelque chose. Souvent, il parle pour combler ce vide terrifiant. Il répète à voix haute que quelqu'un va le sortir de cet enfer. Il se raconte ses propres souvenirs.

Il appelle à l'aide.

L'obscurité, le silence, la solitude... ça ressemble à la mort.

L'obscurité, le silence, la solitude... c'est ce que Clara endure.

Sauf qu'elle ne peut plus s'en rendre compte. Elle était morte quand on l'a enterrée. Il le sait puisque c'est lui qui l'a tuée.

Martin, lui, est bel et bien vivant dans sa tombe.

***

Elle est venue seule, cette fois. Après lui avoir attaché les poignets, elle est entrée dans la cellule.

Même si elle est son ennemie jurée, Martin est heureux de voir Florence.

Heureux comme un gosse.

Si ses calculs sont bons, ça faisait bientôt quarante jours qu'il était seul. Sans doute une semaine qu'il n'avait plus de lumière et plus de nourriture.

Florence ne dit pas un mot et dépose les provisions sur la table. Il constate qu'elle lui a apporté un petit miroir à coller sur le mur, ainsi qu'une tondeuse. C'est vrai que ses cheveux ont déjà bien poussé…

— Je peux vous parler ? espère Martin.

Florence s'assoit sur la chaise et le fixe.

— Je voulais vous dire que je suis désolé de ce qui est arrivé à votre mère. Je n'ai jamais voulu ça…

— Si vous l'aviez voulu, ce ne serait pas un homicide involontaire, mais un meurtre ou un assassinat, l'interrompt la jeune femme. Et dans ce cas, vous auriez pris vingt ans et non dix. Vous ne l'avez peut-être pas voulu, mais vous n'avez rien fait pour éviter que ça arrive.

Martin fait mine de ne pas avoir entendu.

— C'est important pour moi que vous sachiez que j'y pense chaque jour et que ça me rend malade.

Soudain, Florence sourit. Un sourire de mauvais augure.

— Vous mentez, *assassin*.

— Non ! s'écrie Martin. Je vous jure que, depuis six ans, j'y pense chaque jour !

— Moi, c'est chaque seconde. Et de toute façon, je ne vous crois pas. Vous dites ça pour m'apitoyer, rien d'autre.

— Mais non, mademoiselle ! tente encore Dorgeval. C'est la vérité !

— Si vous aviez des remords ou des regrets, vous n'auriez pas repassé votre permis, assène-t-elle.

Martin ne sait quoi répondre. Florence poursuit :

— Et c'est parce que vous l'avez repassé que nous avons décidé de vous enfermer ici.

Elle prend les piles et les met dans sa poche.

— S'il vous plaît ! hurle Martin. Laissez-moi les piles !

Elle le toise avec un sourire démoniaque.

— La nuit porte conseil, à ce qu'il paraît.

Il est incapable de dire si ça fait deux heures ou deux jours qu'elle a volé la lumière. Depuis qu'elle est partie, il marche d'un bout à l'autre de la cellule, dans un va-et-vient incessant. Ses mains touchent les murs, la table, le lit. Il a l'impression qu'en s'immobilisant, il se fera dévorer par l'obscurité.

Quand la lumière réapparaît, de l'autre côté de la grille, Martin se fige. Sans un mot, Florence fait passer les piles entre deux barreaux.

— Merci, murmure Dorgeval.

— C'est mon père qui a voulu que je vous les rapporte, avoue-t-elle d'une voix atone. Il dit que nous ne sommes pas comme ça… Pas comme vous. Que nous ne sommes pas des monstres et ne devons pas le devenir à votre contact.

Martin ramasse les piles et essaie de distinguer le visage de la jeune femme derrière l'acier.

— Je peux vous demander quelque chose ? Ça fait combien de temps que vous étiez partie ?

— Je suis venue hier, à la même heure.

La lumière s'éteint, il entend la seconde porte qui se ferme et puis plus rien. Il se hâte d'insérer les piles dans la lampe et savoure la lumière qui jaillit au cœur du cauchemar. Puis il s'effondre sur sa paillasse, épuisé par vingt-quatre heures sans repos.

Nous ne sommes pas des monstres…

Pourtant, qui à part des monstres pourrait bien lui infliger pareille torture ?

Des monstres, oui. Qu'il a lui-même créés.

***

Il pense à sa femme, à ses enfants. Il y pense chaque jour, à vrai dire. Sans doute le croient-ils mort. Ou simplement parti.

Souvent, sa famille lui pesait, comme un boulet à la cheville, un fardeau sur les épaules.

Désormais, elle lui manque.

Pour être sincère, ce qu'il regrette par-dessus tout, c'est le confort du foyer. Les bons petits plats, le feu de cheminée, les draps et les vêtements propres, l'eau chaude…

Mais ce qui lui manque le plus cruellement, c'est la lumière du jour.

Car ici, le manque est son principal sentiment. Le manque et l'impuissance.

La semaine dernière, Florence est venue le ravitailler. Père et fille se relaient. En plus des provisions, du savon, des serviettes, elle lui a apporté un rasoir neuf car l'ancien avait rendu l'âme. Elle lui a également donné un livre. Un roman qu'elle a posé sur le lit, telle une offrande.

Depuis le lycée, Martin n'avait jamais ouvert un livre, surtout pas un roman. Il a eu beaucoup de mal à le lire. Mais il doit admettre que les heures passées en compagnie des personnages lui ont un peu fait oublier son incarcération.

Il s'est évadé.

Et il espère qu'elle lui en apportera un autre quand elle reviendra.

Il hait ses bourreaux, mais dépend entièrement d'eux. Il ne peut même pas souhaiter leur mort puisqu'elle causerait la sienne.

En partant, Florence lui a annoncé qu'il avait purgé un an de sa peine.

Un an qu'il végète dans ce trou à rats.

Où il n'y a même pas de rats.

Un an qu'il a oublié sa vie et que, chaque jour, il pense à son crime…

***

Julien Tardieu entre dans la cellule et considère son prisonnier quelques secondes, comme s'il admirait les dégâts sur son visage émacié.

— En plus du reste, j'ai apporté des complexes de vitamines, annonce-t-il. Il faudra en faire deux cures par an, pour pallier le manque de légumes et de fruits frais, le manque de soleil aussi.

— Tu es trop généreux ! ricane Martin. Pourquoi tu ne me laisses pas crever, hein ?

— Te laisser crever ? s'étonne Julien. Mais moi, je ne suis pas un assassin, Dorgeval ! Moi, je ne tue pas les gens…

— Clara est morte sur le coup et moi je dois agoniser pendant dix ans, c'est ça ? enrage Martin.

— Je ne fais qu'appliquer le Code pénal, rétorque Tardieu.

— Et tu prends ton pied, hein ?

Julien allume une cigarette tout en fixant Dorgeval.

— Ça te manque pas trop, la clope ?

— Et ta femme, elle te *manque pas trop* ? contre-attaque Martin.

Tardieu encaisse, son petit sourire disparaît.

— Tu veux que je te laisse un mois sans provisions et sans lumière ?

— Fais ce que tu veux, connard. Ça m'est égal.

Le geôlier s'approche du prisonnier.

— Ne rêve pas, Dorgeval : tu n'auras pas le plaisir de mourir tout de suite. Tu ne parviendras pas à me faire perdre mon sang-froid si c'est ce que tu espères. Et tu passeras dix ans dans ce trou, je te le promets.

***

Il n'y avait pas un livre à la maison. Martin a beau fouiller sa mémoire, il n'en retrouve pas trace.

Non, décidément, il n'y avait aucun livre dans la demeure familiale, à part l'annuaire téléphonique. Avant aujourd'hui, il ne s'en était pas rendu compte. Ça lui semblait normal.

Martin n'a jamais mis les pieds dans une librairie, sauf quand l'école, le collège ou le lycée professionnel lui demandait d'acheter un bouquin. Il entrait dans la maison de la presse du bourg, demandait le titre, repartait avec, sans même jeter un œil aux rayons qui l'entouraient. Les bouquins, c'était un truc de fille ou d'intello. C'était un truc chiant.

Désormais, il lit deux livres par mois. Bien sûr, ce n'est pas lui qui les choisit, et il en serait de toute façon bien incapable.

Ces deux livres, il les attend aussi fébrilement que les piles de la lampe.

Tous ceux qu'il a lus trônent sur l'étagère où étaient entassées les provisions qui sont maintenant sous le lit. Mais elle est trop petite pour les supporter tous et il a empilé les autres sur le sol.

Trois ans et demi de lecture.

Trois ans et six mois de réclusion.

Presque quatre ans en enfer.

Même pas la moitié du chemin de croix.

Parfois, Martin songe au suicide. Mais dès le sixième mois, les Tardieu ont remplacé les boîtes de conserve métalliques et les bocaux par de la nourriture en sachet ou en barquettes plastique. Au début, Martin n'a pas compris pourquoi. Puis, un jour où il avait envie de se foutre en l'air, l'évidence lui a sauté aux yeux : il aurait pu s'ouvrir les veines avec un morceau de verre ou de métal.

Que lui reste-t-il ?

Se laisser mourir de faim ou de soif ? Mort lente, agonie.

Se fracasser le crâne contre un mur ? Mettre les doigts dans la prise ? Mort violente, douloureuse.

Ces options requièrent un courage que Martin n'a pas.

En prison, les détenus peuvent en finir facilement : demander des cachetons au médecin, les planquer dans la cellule jusqu'à ce qu'il y en ait assez pour le grand saut. Lui n'a même plus cette liberté…

***

Il lui a suffi d'un regard pour l'écraser, la dominer.

Leur premier regard.

Lucie était une jeune fille réservée, timide. Plutôt jolie.

Elle s'est fanée très vite, telles ces fleurs éclatantes dont la beauté dure à peine quelques jours avant qu'elles ne perdent leurs atours, leurs couleurs et leur galbe. Avant qu'il ne reste que les épines.

Ce soir, Martin s'engueule avec sa femme. La plupart du temps, elle se tait, elle s'efface. Mais parfois, elle se permet. Des reproches, des jérémiades et même des cris. En général, dès que Martin hausse le ton, elle se calme. Dès qu'il hausse le ton ou lève la main. Oh, ce n'est pas arrivé souvent, non. Une fois ou deux. Peut-être trois, un soir qu'il avait trop bu ou après une journée contrariante, épuisante.

Oui, il l'avoue, il a parfois dû la bousculer un peu pour qu'elle ne dépasse pas les limites.

Rien de grave, en somme.

Mais ce soir, il ne parvient pas à la faire taire. Il paraît qu'il ne lui a pas offert la vie qu'elle aurait méritée, qu'à cause de lui elle n'a pas pu s'épanouir. Qu'elle ne s'est occupée que de lui et de leurs enfants, jamais d'elle. Qu'elle n'a pas pu travailler.

S'épanouir... Martin se met à ricaner.

— Tu en aurais fait quoi, de ta vie ? Sans moi, t'aurais été quoi ? Tu ne sais rien faire à part me taper sur les nerfs et dépenser le fric que je gagne !

Il la regarde de haut avant d'ajouter :

— Tu me fais pitié !

Elle se met à hurler, il secoue la tête.

— Ma pauvre... Vas-y, quitte-moi ! Tu te retrouveras sans rien ou presque et aucun mec ne voudra de toi... Tu t'es vue ? Non mais tu t'es vue ?

Martin se plante face aux photos de Clara.

— Elle, au moins, elle était belle...

Il se retourne vers Lucie, recroquevillée dans un coin de la cellule.

— Allez, chiale un petit coup ! balance-t-il. Tu n'es bonne qu'à ça, de toute façon. Depuis quatre ans, t'as même pas été foutue de me sortir de ce merdier !

Lucie s'évapore dans le néant et Martin attrape un livre pour le jeter de toutes ses forces contre la porte métallique avec un cri de rage englouti par les murs en béton.

***

Ils sont venus à deux, cette fois. C'est Julien qui porte les sacs de provisions. Il les pose sur la table et inspecte la cellule. Les barquettes vides jonchent le sol, les livres sont éparpillés, le lavabo et les toilettes sont répugnants. L'odeur, pestilentielle.

Les derniers cafards disparaissent sous les meubles ou derrière les plinthes pour échapper à la lumière.

Après la cellule, Tardieu regarde son prisonnier. Visiblement, il ne s'est ni rasé ni lavé depuis plusieurs semaines. Il a beaucoup maigri et des tics nerveux harcèlent son visage. Ses cheveux ont poussé. Sales, ils dégoulinent sur ses épaules saillantes.

Une loque humaine que Clara peut admirer à loisir.

— Eh bien, Dorgeval, ça te plaît de vivre dans la merde ?

— Va te faire mettre.

— Toujours aussi élégant ! Écoute-moi bien : je vais revenir demain et tu as intérêt à me nettoyer tout ça. Sinon, pas de piles pour la lampe…

Martin lève la tête vers ses geôliers. Florence le fixe avec dégoût.

— Qu'est-ce que t'as à me regarder comme ça, salope ?

Julien reprend les sacs et attrape sa fille par le bras.

— Viens, ma chérie, on s'en va.

Une fois la porte fermée, il s'adresse une dernière fois à Dorgeval :

— Si demain tu ne t'es pas repris, tu n'auras rien pendant un mois. Ni bouffe ni lumière. Rien.

La lampe n'éclaire plus grand-chose, mais Martin parvient tout de même à distinguer son reflet dans le petit miroir, simple feuille réfléchissante collée au-dessus du lavabo.

Il est effrayant.

Il sent une présence dans son dos et se retourne : son fils le fixe. Il n'a pas grandi, pas changé en cinq ans.

— Papa ? C'est toi ?

— Évidemment que c'est moi ! grogne Martin.

Eliott recule jusqu'à la porte, toujours fermée.

— Tu pues ! s'écrie-t-il.

— Ta gueule, morveux ! riposte son père.

Eliott… Quel prénom ridicule ! Encore une idée de sa mère. Pourquoi a-t-il accepté que son propre fils porte un prénom aussi risible ? Ses potes se sont bien foutus de sa gueule, ça oui !

Un moment de faiblesse sans doute. Mais s'il n'y avait que son prénom… Ce gamin est une vraie poule mouillée. Son père a tout essayé pour en faire un homme, sans succès. Il a peur de tout, chiale encore plus souvent que sa mère, aime les livres et la peinture.

Combien de fois Martin l'a-t-il traité de gonzesse ? Il a tenté de lui faire aimer le sport, les bagnoles, la chasse… Des efforts restés vains.

D'ailleurs, Eliott s'est assis sur le lit et feuillette un des romans apportés par Florence.

— T'as pas changé, hein ! marmonne son père.

Martin a même imaginé que son fils finirait peut-être par virer sa cuti. Qu'il lui ramènerait un jour un mec à la maison. Quand il y pense, des envies de meurtre explosent dans son cerveau.

Eliott quitte la cellule, Martin secoue la tête.

— C'est bizarre qu'il grandisse pas, ce môme. Décidément, sa mère n'est bonne à rien.

Puis il regarde sous le lit et ne trouve plus aucune provision. La faim, il s'y est habitué, mais aujourd'hui, elle le tenaille, le fait délirer.

Pas d'autre choix que de se plier aux exigences de Tardieu.

Alors Martin attrape un sac-poubelle et commence à ramasser tous les déchets. Puis, à l'aide des lingettes gracieusement fournies par la *pénitentiaire*, il nettoie le lavabo, les toilettes, le réchaud.

Avant que la lampe ne rende l'âme, il parvient à se tondre le crâne, à se raser et se laver. Ensuite, il s'allonge sur sa paillasse et écoute son cœur hurler de désespoir.

C'est Florence qui entre en premier. Son regard, tel un rayon laser, inspecte les lieux. Elle arbore un sourire satisfait. Martin a envie de lui balancer une vacherie mais il a trop faim pour fanfaronner. Le père pénètre à son tour dans la cellule.

— C'est mieux, constate-t-il. Mais l'odeur est toujours là…

— Si ça te dérange, ouvre la fenêtre ! ricane Dorgeval.

— En vérité, ça ne me fait strictement rien, admet Tardieu. Moi, je vis dans une grande maison, propre et bien rangée. J'ai un vrai lit, avec de vrais draps, un chauffage…

Il se tourne vers son ennemi avant de porter l'estocade :

— Mais c'est normal. Moi, je ne suis pas un assassin.

Martin garde le silence, espérant se débarrasser des intrus au plus vite. Tardieu dépose les provisions, les vitamines et les produits d'hygiène sur la table. Il prend les sacs-poubelle et quitte la pièce sans ajouter un mot, mais Florence est toujours là.

— Je t'ai dit que j'étais avec elle le jour du drame ?

— Ouais. Tu radotes, ma jolie !

Le sarcasme ne semble pas atteindre la jeune femme.

— On chantait, on rigolait… On cherchait le prénom de mon futur petit frère.

Martin lève les yeux au ciel. Combien de fois va-t-il devoir endurer cette maudite histoire ?

— On avait pensé à William, Jonas… Peut-être Enzo. Parce que maman était d'origine italienne… Et puis il y a eu le bruit, d'abord… Et j'ai vu exploser le crâne de maman. J'ai reçu son sang en pleine figure.

Elle serre les poings, Martin continue de sourire. Elle avance jusqu'au mur et considère longuement les photos de sa mère qui ont pâti de l'humidité ambiante.

— Le temps que quelqu'un vienne à notre secours, il s'est passé vingt minutes, poursuit-elle d'une voix qui trahit son émotion. Vingt longues minutes durant lesquelles je suis restée avec le cadavre de ma mère près de moi…

Soudain, Florence fronce les sourcils. Elle s'approche encore du mur ; de la nourriture a été projetée sur certains clichés au travers du fin grillage qui les protège. Elle recule avec une grimace de dégoût avant de pivoter vers le meurtrier, le regard noir.

— Ça te plaît de salir ma mère ?

Le visage de Martin se fend d'un sourire démoniaque, tandis que Julien s'avance à son tour vers les photos pour constater les dégâts.

— Ça te plaît de salir ma mère, espèce de porc ? répète la jeune femme.

— Si tu savais ! Je ne fais pas que lui balancer mes restes à la gueule… Je me branle tous les soirs en la regardant !

Sans préavis, Julien se jette sur lui. À coups de pied, à coups de poing, avec des hurlements de rage, il s'acharne sur sa proie.

Un homme attaché, incapable de se défendre.

— Arrête ! s'écrie Florence.

Elle attrape son père par le bras, le force à reculer. Ses poings sont en sang.

— Papa, ça suffit !

Julien reprend sa respiration puis il quitte la cellule. Florence ferme la porte et détache le prisonnier qui s'écroule sur le sol, inconscient.

Martin rampe jusqu'à son lit pour s'aider à se remettre debout. Il allume la lampe moribonde puis se passe de l'eau sur le visage. Dans l'ersatz de miroir, il procède à l'inventaire : plaie béante sur la pommette gauche, œil droit complètement fermé, lèvre supérieure fendue. Il a plusieurs côtes cassées, un genou enflé.

Ce salaud s'en est donné à cœur joie.

Mais Martin ne regrette rien.

Avoir mal, c'est être en vie, après tout.

Et la douleur est difficilement supportable.

Il s'écroule sur son lit, parvient à changer les piles de la lampe, incapable d'affronter les ténèbres. Il grelotte, ses dents s'entrechoquent. L'une d'elles est restée dans le lavabo lorsqu'il a craché le sang qui remplissait sa bouche.

En tournant la tête, il voit s'avancer Émilie. Alors il sourit.

— Ça faisait longtemps, murmure-t-il en tendant la main vers elle.

Contrairement à son frère, Émilie a grandi pour devenir une jolie adolescente. Sa petite chérie, son trésor le plus précieux. Elle pose une main sur son front, il a immédiatement moins mal et continue à fixer le visage parfait de sa fille.

— Ça va aller, papa, ne t'en fais pas…

— Oui, ma chérie, ça va aller.

Le sourire s'éternise sur les lèvres de Martin, ses paupières se ferment.

Florence pose la trousse de secours sur le sol et s'accroupit devant Dorgeval. Il peut lire la gêne dans ses grands yeux verts. La gêne, la colère, le dégoût.

Avec un coton imbibé, elle désinfecte les plaies sur son visage. Puis elle remplit un gobelet d'eau et l'aide à avaler deux comprimés de paracétamol.

— Je vous en laisse quatre sur la table, indique-t-elle. Prenez-en deux par jour.

— Merci. Vous savez, j'étais sincère…

Ulcérée, elle détourne le regard.

— Quand je disais que j'y pensais chaque jour, j'étais sincère, précise Martin.

Florence pose un pansement sur la pommette du prisonnier.

— Vous ne me croyez pas ?

Elle se relève, remet son manteau.

— Vous l'avez tuée, dit-elle simplement.

— C'était un accident, rappelle-t-il. Un putain d'accident !

— Vous aviez bu ! s'écrie la jeune femme. Vous aviez bu, vous n'avez pas respecté la distance avec la route et vous n'avez pas non plus respecté l'angle de tir !

Elle fait quelques pas dans la cellule.

— Je n'appelle pas ça un *accident* ! Tout ça pour un chevreuil ! Vous avez gâché notre vie et la vôtre pour le plaisir de massacrer un chevreuil ? Pauvre con…

Martin baisse la tête, Florence quitte la pièce. Une fois la porte fermée, elle ajoute :

— Et en plus, vous vous apprêtiez à reprendre votre fusil et à recommencer. Vous n'avez aucun respect pour la vie !

Les menottes se desserrent, la seconde porte claque, Martin reste assis dans le noir. Un frisson parcourt son corps meurtri.

Ça faisait plus de cinq ans qu'on ne l'avait pas touché. À part les coups de Tardieu, bien sûr !

Cinq ans… Il ne sait pas s'il doit se réjouir d'avoir purgé la moitié de sa peine ou se désespérer qu'il en reste autant à faire.

— Parce que tu crois qu'ils vont te laisser sortir ? murmure-t-il. Tu es bien naïf, mon pauvre Martin !

Il se relève, allume sa fidèle lampe et contemple les photos de Clara. Sur un des clichés, le visage de cette femme éternellement jeune s'anime. Ses yeux se tournent vers ceux de Martin, sa bouche s'ouvre et sa voix résonne dans la cellule :

— S'ils avaient voulu que tu crèves, tu serais mort depuis longtemps…

***

Sept ans de malheur.

Martin s'ausculte dans le faux miroir. Il ouvre la bouche et constate qu'il a encore perdu une dent. Elle doit traîner quelque part sur le vieux matelas. Il ne lui en reste plus beaucoup, mais pour bouffer leur soja et leurs légumes ça devrait suffire.

Il prend un livre au hasard, en dessous de la pile. Même s'il l'a déjà lu, ça lui fera passer quelques heures.

Quelques heures parmi les milliers. Goutte d'eau dans un océan insondable.

Sept ans qu'il tourne en rond dans cette pièce exiguë, qu'il vit dans le noir, comme dans un terrier, comme un animal. Oublié de tous, sans doute.

Qui pense encore à lui ? Sa fille, c'est certain. Sa femme, aussi. Son fils, peut-être. Ses potes, Charly et Bruno. Ils étaient avec lui le jour du drame. Ils chassaient le chevreuil, c'était un samedi, une magnifique journée d'hiver, froide mais lumineuse.

Ils étaient tous les trois ensemble, mais c'est lui qui a pressé la détente. Au procès, son avocat a tenté de leur faire avaler la thèse de la balle qui ricoche. Ses copains ont tout fait pour le soutenir, ils ont même menti aux juges. Ces juges, d'habitude cléments envers les chasseurs, il doit bien l'admettre. Quelques mois de prison avec sursis, une suspension de permis. Voilà ce qu'ils risquent lorsqu'ils tuent un cueilleur de champignons, un joggeur ou un vététiste.

Martin a toujours trouvé ça logique. Après tout, ce sont des accidents inévitables, des dégâts collatéraux. Quelques personnes qui y passent chaque année, pas de quoi en faire un drame ! Seulement des imprudents qui l'ont bien cherché.

— La chasse, ça tue moins que la bagnole ! lance-t-il en refermant le bouquin.

— Peut-être. Mais la voiture, c'est utile, objecte Clara.

— La chasse aussi ! éructe Martin.

— Ah bon ? Utile à qui ? À quoi ?

— La régulation des espèces, ça te parle ?

— Tu crois vraiment que la nature a besoin de types comme toi ? pouffe la morte.

Oui, les juges sont habituellement compréhensifs. Question de lobby. Martin, lui, a écopé d'une peine de prison ferme, même si elle a été aménagée. Ainsi que de cinq ans sans avoir le droit de toucher à son fusil. Il n'a pas eu de chance, il est tombé sur une vieille carne, un de ces écolos à la con, sans doute.

Il contemple le plafond craquelé de sa geôle.

— J'ai pas fait exprès de te tuer, merde…

— Tu avais bu, rappelle Clara.

— Et alors ? Ça n'a rien à voir ! J'avais un peu picolé mais j'y voyais clair, bordel !

Il se remet debout, aligne quelques pas dans sa cage.

— Qu'est-ce que tu foutais là, aussi ? Faut être complètement débile pour rouler sur cette route en pleine forêt pendant une battue ! Ouais, complètement conne !

Il se plante face à sa victime, pointe sur elle un doigt accusateur.

— Qu'est-ce que tu foutais là, hein ?

— Je me promenais avec ma fille… J'en avais le droit.

Il attrape ce qui lui tombe sous la main – son rasoir électrique – et le balance au visage de la défunte. Puis il passe un quart d'heure à l'insulter…

Épuisé, il se rallonge sur sa paillasse et ses yeux fixent à nouveau le plafond où se balade une scutigère. Martin ferme son œil gauche et la vise avec un fusil imaginaire.

— Excuse-moi, finit-il par dire. Excuse-moi, Clara. Maman disait toujours que ça ne se fait pas d'insulter les morts.

Sept ans de malheur…

***

Cette nuit, il en est sûr, quelqu'un est venu gratter à sa porte.

— C'était une souris, suggère Clara.

— Unc souris ? répètc Martin.

Il éclate d'un rire effrayant et colle son oreille contre la masse métallique.

— Si elle passe la porte, je la zigouille et je l'avale ! Tu te rends compte que ça fait plus de huit ans que j'ai pas bouffé de viande ? Putain…

— Des tas de gens sont végétariens, lui rappelle la morte.

— Ah ouais ? Ben pas moi, cocotte ! Moi, j'aime la viande… Une bonne côte de bœuf, bien saignante…

Martin salive rien qu'en imaginant le morceau de barbaque en train de griller sur le barbecue.

— J'aime le cochon, aussi ! Et le chevreuil ! ajoute-t-il d'un ton provocateur. Et les végétariens, je les emmerde !

Hurler lui fait du bien.

Parler à Clara lui fait du bien.

Il s'assoit dos à la porte, genoux pliés. Avec l'arrière de son crâne, il frappe plusieurs fois le morceau de métal qui le sépare du monde. Son cerveau encaisse les chocs, l'un après l'autre. Il fait ça de temps en temps, avec l'impression que ça lui vide les méninges. En général, au bout d'une dizaine de coups, il s'effondre sur le sol et reste inerte, soulagé.

Hier, Martin a essayé de s'étouffer en mettant la tête dans un sac-poubelle. Mais il n'a pas réussi à aller au bout de l'opération.

Il n'arrive plus à vivre, n'arrive toujours pas à mourir.

Martin consulte le calendrier que Florence lui a apporté quelques semaines auparavant. Il a fallu la supplier, mais elle a fini par céder. Elle a marqué la date du jour avec une croix bleue car il y a bien longtemps que Martin avait perdu le fil.

Il ne savait plus quel jour, quel mois, quelle année… Il errait dans un monde sans repères, sans bornes, sans limites.

Aujourd'hui, c'est son anniversaire. Quel âge a-t-il, désormais ? Quarante-deux ? Non, quarante-trois ! C'est ça, il a quarante-trois ans.

Pas de gâteau, pas de bougies, pas de cadeau.

Rien que les murs gris, le plafond gris, le sol gris.

— *Happy birthday*, Martin ! se met à chanter Clara. *Happy birthday*, pauvre con !

— Ta gueule ! hurle-t-il en se bouchant les oreilles.

— *Happy birthday*, Martin !

— Ferme-la, je t'en prie…

Huit ans, trois mois et cinq jours dans le noir, le silence et l'oubli. L'enterrement le plus long de la Création.

Des funérailles éternelles.

***

Le corps de Martin est recouvert de petites cloques rouges. Machinalement, il se gratte les bras, les jambes, le torse, le visage. Comme un réflexe, une habitude.

Il n'aurait pas dû écraser la scutigère, finalement. Elle qui se nourrissait de la vermine qui a envahi la cellule. Hier soir, Charly et Bruno sont passés lui rendre visite. Martin aurait bien voulu leur servir un verre, mais, à part l'eau calcaire du robinet, légèrement teintée de rouille et de fiel, il n'avait rien en magasin.

Ils ont parlé longtemps, se remémorant les bons moments, les matinées fauves, les soirées bleues ou les nuits blanches. Les parties de chasse, l'adrénaline, les fous rires et le sang. Ils sont remontés jusqu'au temps du collège, sont retournés au lycée. Ils se sont souvenus des filles, celles qu'on n'oublie pas, des copains dont on n'a plus aucune nouvelle, de ceux qui ont réussi, de ceux qui n'ont pas eu de chance. Bruno et Charly l'ont raillé parce qu'il s'obstine à utiliser un vieux fusil pour la chasse, alors qu'ils lui en ont offert un neuf, bien plus performant et moderne. Mais Martin y tient, à son vieux fusil.

Comme à la prunelle de ses yeux.

Oui, ils ont parlé longtemps, jusqu'à ce que Martin leur reproche de l'avoir abandonné. Après un silence gêné, les deux hommes se sont excusés puis sont partis en jurant de revenir.

Clara reste parfois muette. Martin a beau la provoquer, voire l'insulter, elle peut passer des jours et des jours, peut-être des semaines, sans lui adresser la parole.

Cette après-midi, elle ne le regarde même pas, totalement indifférente à ce qu'il peut faire ou dire. Martin s'agenouille devant elle, comme devant la Sainte Vierge, et ferme les yeux. Il se creuse la cervelle pour se rappeler une prière qu'il récite à voix basse, craignant de déranger Dieu pendant son interminable sieste.

Après les politesses d'usage, il passe aux choses sérieuses.

— Tu pourrais ouvrir la porte, Seigneur. Trois verrous, c'est quoi, pour Toi ? Rien du tout ! Parce que Tu le sais, Toi, que je n'ai pas voulu la tuer… Tu le sais, hein ?

Martin ouvre un œil en direction de la porte close et soupire.

— Tu ne fais pas partie de ces anti-chasseurs à la con, dis-moi ? Non, je suis sûr que non… La preuve : Tes curés bénissent les équipages à la Saint-Hubert ! Alors s'il Te plaît, Seigneur, ouvre cette porte.

Martin a mal aux genoux, mais il insiste.

— Tu pourrais au moins envoyer un message à ma femme, non ? Lui dire où je suis, qu'elle vienne me chercher ?

Les mains jointes, il lève les yeux au plafond, à défaut de ciel.

— Bon, je te laisse réfléchir à ma demande. J'espère que Tu m'as entendu. Et puis… si pour la porte Tu peux rien faire, est-ce que Tu pourrais au moins me débarrasser des punaises de lit, s'il Te plaît ?

Neuf ans, sept mois et deux jours.

En compagnie des ombres que la folie dessine sur les murs.

***

Florence le fixe étrangement. Elle a déposé les provisions sur la table, les serviettes, le savon, le dentifrice… Julien, lui, est demeuré près de la porte, bras croisés devant lui.

— C'est la fin, Dorgeval, annonce-t-il soudain.

Martin tourne la tête vers son ennemi. La peur traverse son cœur comme la foudre traverse le ciel. C'est rapide, douloureux, net et précis. Puissant, mais bref. Plutôt mourir que de rester dans ce trou des années encore.

— Dans un mois, tu auras purgé ta peine, précise Tardieu. Nous ne reviendrons donc plus.

La gorge de Martin se serre jusqu'à l'empêcher de respirer.

— Tu vas me laisser crever de faim, c'est ça ? murmure-t-il.

Julien arbore un sourire féroce, Dorgeval ferme les yeux. Dix ans de calvaire pour en arriver là…

— Dans un mois, nous serons loin, intervient Florence. Nous quitterons le pays pour ne jamais y revenir. Une fois à l'abri, nous ferons le nécessaire pour que vous soyez libéré.

Martin ouvre la bouche, mais aucun son ne s'échappe de son gosier.

— Nous appellerons les secours qui viendront vous ouvrir la porte. Et j'espère que vous ne ferez pas d'autres victimes à l'avenir… J'espère que nous n'aurons pas à regretter notre décision.

Hébété, Martin se contente d'un signe de tête. Florence semble sincère, mais Julien continue de sourire de façon énigmatique.

De façon inquiétante.

Les Tardieu quittent la cellule, cadenassent la porte et lui ôtent ses menottes.

Pour la dernière fois.

Alors Martin se met à pleurer.

***

Avec le stylo bleu que Florence a laissé, Martin barre les jours. Plus que dix le séparent de la liberté.

Dix interminables journées.

Le temps ne lui a jamais paru si long, si lent, si cruel.

Chaque matin, Martin tente des exercices pour se remettre en état. Pour ne pas ressembler à une loque quand il retrouvera les siens. Mais ses muscles ont fondu, il n'a quasiment plus de forces.

— Et s'ils avaient menti ? suggère soudain Clara.

Elle lui balance ça avec ce petit sourire démoniaque qu'elle esquisse chaque fois qu'elle veut le blesser.

— S'ils ne prévenaient personne ? S'ils te laissaient pourrir dans ce trou, hein ? Je connais bien mon mari, tu sais… Il en est capable !

— Ta fille m'a promis ! hurle Martin.

— Ce n'est pas elle qui décide, continue Clara. Hum… J'ai bien peur que tu te fasses des idées, mon pauvre Martin ! Tu ne sortiras jamais d'ici et je te regarderai crever lentement. J'ai tellement hâte…

Assis sur sa paillasse, Martin se bouche les oreilles et se balance d'avant en arrière.

— Ils viendront, ils viendront, ils viendront, répète-t-il à voix basse.

— Non, Martin. Personne ne te portera secours. C'est la mort qui viendra ouvrir la porte. La mort et personne d'autre.

***

C'est aujourd'hui.

Aujourd'hui, ça fait dix ans qu'il est enfermé dans cette cage.

Martin n'a pas dormi. Fébrile, il s'est préparé au miracle ou à la cruelle désillusion. Il s'est coupé les cheveux, rasé, lavé.

Vêtu de ses vieux vêtements râpés et désormais bien trop grands pour lui, il attend. Un bruit, un cri, un pas. Un souffle de vie. La libération.

Sa fidèle montre lui indique qu'il est midi et toujours personne. Martin éteint sa lampe dont les piles menacent de mourir et fait les cent pas dans la cellule. Il a de plus en plus de mal à respirer.

— Personne ne viendra ! chantonne Clara. Tu as rendez-vous avec la mort !

— Ferme-la ! hurle le prisonnier. Ferme-la, bordel ! Ils viendront et je n'aurai plus à voir ta sale gueule !

— Ouh, monsieur Dorgeval est énervé. Tu as peur, n'est-ce pas ? Peur que cette porte ne s'ouvre jamais…

— Elle va s'ouvrir et ils vont payer ! Ton mari et ta fille vont déguster ! Dès que je sors, je te jure que je fais le nécessaire pour les envoyer en taule !

— Arrête de rêver, Martin !

— Non, je ne les enverrai pas en taule, reprend Dorgeval en la pointant du doigt. Je prendrai mon fusil et je les buterai tous les deux !

— La preuve que tu n'es qu'un assassin…

Soudain, le miracle.

Une clef dans la serrure de la seconde porte, celle qui se trouve à quelques mètres de la sienne. Clara se tait, Martin se fige.

L'instant d'après, il court jusqu'à la porte de sa cage et se met à brailler comme un dément.

— Je suis là ! Au secours, je suis là !

Le sas s'ouvre, il fait toujours nuit.

— Martin ?

— Lucie ? C'est toi ?

— Oui… Je n'y vois rien !

— Il y a un interrupteur, sur ta droite.

— Attends, j'ai ce qu'il faut sur moi !

Quelques secondes plus tard, la lumière jaillit dans le sas. Une lumière vive qui éblouit Martin, l'obligeant à fermer les yeux et l'empêchant d'apercevoir son épouse au travers de la petite grille.

— Lucie, sors-moi de là ! Tu as la clef ? Tu es venue avec les flics ?

Les paumes contre le métal, Martin est hystérique.

— Non, je suis seule…

— Mais fallait venir avec les flics !

— J'ai reçu une lettre qui m'expliquait où te trouver, j'ai cru que c'était une blague. Une mauvaise blague…

— Bon, va chercher du secours pour ouvrir cette putain de porte ! ordonne Martin.

— Pas la peine : dans la lettre, ils disent que la clef est… là ! ajoute-t-elle en ramassant le sésame dans un coin de la pièce.

La porte s'ouvre, la lumière vive entre enfin dans la cage en même temps qu'un souffle de liberté. Les paupières de Martin se ferment à nouveau, ses yeux ne supportant pas le flash du smartphone dirigé sur lui.

— Lucie !

Le bruit d'abord. Si fort, assourdissant. Qui rebondit contre les parois de la geôle.

Le choc, aussitôt après, qui le projette contre le mur du fond.

Martin s'écroule au ralenti.

Lucie retourne dans le sas et appuie sur l'interrupteur. La lumière, plus douce, envahit la cellule et Martin la voit marcher vers lui, armée du vieux fusil.

Il porte une main à sa poitrine décharnée d'où s'échappe un flot de sang.

— Lucie…

Elle observe les lieux quelques secondes puis s'assoit sur le lit et contemple son mari à terre.

— Quand j'ai reçu cette lettre ce matin, j'ai… Je n'ai pas pu, désolée.

Dorgeval essaie de se relever, s'effondre à nouveau. La balle de gros calibre s'est logée en plein dans son poumon gauche. Il n'arrive déjà plus à respirer, la douleur est atroce.

— Je ne voulais pas que tu reviennes dans ma vie, continue Lucie d'une voix devenue hésitante.

— Appelle les se… cours, merde. Déconne pas, Lucie !

— Je croyais que tu avais disparu pour toujours, Martin. Notre vie est si agréable depuis que tu n'es plus là…

Il cherche désespérément de l'oxygène, pousse des râles pathétiques.

— Eliott va se marier, tu sais… Il a rencontré une gentille petite et elle est déjà enceinte. Je vais être grand-mère, tu te rends compte ?

— Lu… cie, murmure Martin. Aide-moi…

— Quant à Émilie, elle est entrée à la fac. Elle a choisi de faire du droit. Je suis sûre qu'elle deviendra avocate ou alors juge.

— Je suis… ton… mari, Lucie…

— Non, Martin. J'ai divorcé il y a déjà quatre ans.

Une larme coule sur le visage du blessé, Lucie s'approche des portraits de Clara.

— Tardieu a eu raison de te faire payer… Tu n'es qu'un salopard égoïste et violent.

Il tend une main vers elle.

— Lucie, je t'en prie…

Elle est tout près désormais et nettoie la crosse de l'arme avant de la déposer à côté de lui.

— Je te laisse ton meilleur ami. Qu'il soit enterré avec toi.

Lucie referme la porte à clef, éteint et verrouille le sas.

— Martin… Je t'avais prévenu que ce serait la Mort qui viendrait te chercher, chuchote Clara.

L'ARMÉE DES OMBRES

L'Armée des ombres est un film de Jean-Pierre Melville sorti en salles en 1969.

Mercredi

C'est le bruit de la pluie qui l'arrache à ses rêves sinueux. Une pluie grasse qui coule le long des vitres couvertes de buée. L'humidité et le froid la transpercent jusqu'aux os.

4 h 30 du matin, Mathilde ouvre les yeux. Elle a dormi deux heures, peut-être trois, mais pas d'affilée. Jamais d'affilée.

Sommeil au compte-gouttes.

Face au minuscule miroir à peine éclairé, elle considère longuement son reflet.

Désespérant.

Presque effrayant.

Dans sa trousse de toilette, elle récupère un coton, l'imbibe de lotion et nettoie son visage. Un peu de crème hydratante censée défroisser ses traits fatigués, une touche de parfum bon marché, un coup de peigne dans ses cheveux courts.

Elle se regarde encore. À quoi bon ? Pour qui ? Pourquoi ?

Pour moi. Ressembler encore à une femme.

Pour Chloé. Ressembler encore à une mère.

5 h 30, Mathilde gare sa voiture sur le parking désert du bâtiment. Rosetta, Aïcha et une jeune inconnue, sans doute une nouvelle, l'attendent déjà devant la porte. Mathilde se hâte de les rejoindre. Elle possède la clef et, trois matins par semaine, c'est elle qui déverrouille l'accès, désactive l'alarme, allume les lumières. Depuis quatre mois, le patron l'a promue chef d'équipe. Pas d'augmentation de salaire ou d'heures supplémentaires. Encore moins de CDI.

Il lui a seulement confié un double des clefs.

Les femmes enfilent leur blouse et se mettent immédiatement au travail. Deux étages à nettoyer. Rosetta et Mathilde s'occupent du rez-de-chaussée tandis qu'Aïcha et la nouvelle récurent le premier.

Huit sanitaires par niveau. Remettre des essuie-mains, du papier, recharger le savon. Décrasser les lavabos, les miroirs, la cuvette des toilettes, les sols.

Dans les bureaux, vider les corbeilles, ramasser les papiers ou les Kleenex jetés à côté, décoller les chewing-gums agglutinés au fond.

Laver les sols, encore.

Des kilomètres de linoléum, chaque matin.

Les mêmes gestes, chaque matin.

Finir avant l'arrivée des « gens de bureau », comme Rosetta les appelle. De toute façon, même si elles mettent plus de deux heures à terminer leur labeur, elles ne seront pas payées davantage.

Ici, les heures supplémentaires n'existent pas.

À 7 h 45, les quatre femmes quittent la société Gaymard Recouvrement. Mathilde allume une cigarette et propose à Rosetta de la raccompagner jusqu'à l'arrêt de bus le plus proche, tandis que les deux autres partent dans la direction opposée d'une démarche déjà fatiguée.

Pourtant, le soleil n'est pas encore levé.

Rosetta est silencieuse, visiblement préoccupée. Elle triture machinalement le collier qu'elle porte toujours autour du cou et fixe la route détrempée. La jeune Africaine n'est pas du genre bavarde. Mathilde ne sait pas grand-chose de sa collègue, alors qu'elles bossent ensemble depuis presque un an. Elle sait seulement que Rosetta est venue en France avec sa mère et ses sœurs. Qu'à peine âgée de vingt ans, elle a déjà vu les pires horreurs. Qu'elle tremble dès qu'elle croise des hommes en uniforme.

Mathilde sait seulement que Rosetta est traumatisée, même si elle ignore ce qu'elle et ses proches ont vécu là-bas. Ça se voit dans ses grands yeux sombres, couverts d'un voile de tristesse au travers duquel Rosetta considère le monde.

Mathilde a toujours su lire dans les yeux des autres. Le meilleur comme le pire. Chaque affront, chaque blessure, chaque remords y laisse une cicatrice indélébile.

Sa mère n'étant plus en état de travailler, ses sœurs encore trop jeunes, Rosetta nourrit toute la famille avec son maigre salaire. Elles logent dans un trois-pièces et, une fois le loyer payé, il ne leur reste plus grand-chose. Mais Rosetta est une dure à cuire. Une résistance et une force phénoménales. Et puis elle est heureuse d'avoir échoué en France, même si c'est pour y nettoyer les chiottes.

Parce que, ici, on n'a pas peur de se faire assassiner pendant la nuit.

Mathilde stoppe la voiture devant l'arrêt de bus, Rosetta la gratifie d'un sourire.

— Il est beau, ton collier.

— Tu ne l'avais jamais remarqué ? s'étonne Rosetta.

— Si, bien sûr. Il vient d'Afrique ?

— Oui. C'est ma grand-mère qui me l'a fait.

Elle l'enlève et le tend à Mathilde.

— C'est quoi ? demande-t-elle. Des perles en bois ?

— Non ! sourit Rosetta. Ce sont des graines, des fèves.

— Des graines ? Elles sont magnifiques…

Alors Rosetta explique. Comment son aïeule a choisi ces graines qui proviennent de la même espèce d'arbuste mais sont pourtant toutes différentes. Elle ne sélectionnait que les plus harmonieuses, les assemblant en fonction de leurs couleurs. Un travail d'orfèvre.

— Je le quitte jamais, même pour dormir, révèle Rosetta. Il me protège.

— Il est très joli, sourit Mathilde. Et il te va à merveille. Un jour, il faudra que tu me racontes…

— Quoi ?

— Ce qui t'est arrivé là-bas, en Afrique.

Rosetta tourne la tête vers le trottoir, soudain mal à l'aise.

— Tu n'es pas obligée, précise Mathilde. C'est juste que ça te ferait peut-être du bien. Ce serait bon pour toi…

— Ce n'est pas *bon* de déterrer les morts, murmure Rosetta. Il vaut mieux les laisser en paix.

Elle considère à nouveau Mathilde, un sourire triste sur les lèvres.

— Mais c'est gentil quand même.

Elle récupère son précieux bijou, ouvre la portière et lance :

— À demain, merci !

— À demain, ma belle ! répond Mathilde.

La jeune femme s'éloigne sous une pluie battante. Mathilde la regarde encore. Elle est d'une beauté incroyable. Une silhouette parfaite, un port de tête digne d'une reine.

Une reine sans couronne, sans ors et sans château.

Une reine en exil.

Une reine qui, dans quelques minutes, prendra le bus puis le métro. Dans la rame, elle croisera ceux qui vont travailler et trouveront un bureau propre, sans penser à celui ou celle qui l'a nettoyé pendant qu'ils dormaient encore.

Mathilde fait partie de cette armée d'invisibles.

Cette armée des ombres.

La circulation est désormais dense dans la grande métropole lyonnaise. Mathilde consulte l'horloge du vieux tableau de bord défraîchi tandis que ses doigts pianotent sur le volant. Après d'interminables publicités, la radio envoie un vieux tube de Sade et Mathilde se met à chanter.

Help them to strive [Aide-les à faire des efforts].

Help them to move on [Aide-les à avancer].

La voiture est coincée dans les embouteillages, Mathilde va arriver en retard. Elle remarque un jeune homme sur le trottoir, main tendue vers le néant. Parfaitement immobile malgré le déluge.

Un mort, des vivants autour. Qui le frôlent sans le regarder.

Peut-être n'osent-ils pas ?

Help them to have some future [Aide-les à se construire un avenir].

Help them to live long [Aide-les à vivre longtemps].

La file de véhicules avance de quelques mètres, Mathilde continue d'observer le sans-abri dans son rétroviseur de gauche.

Help them to live life [Aide-les à vivre la vie].

Help them to smile [Aide-les à sourire].

Le feu passe au vert, Mathilde appuie sur l'accélérateur.

Why ? Why ? Why ? [Pourquoi ? Pourquoi ? Pourquoi ?]

Oh Lord, have mercy [Ô Seigneur, aie pitié].

Dans les embouteillages du matin, une femme pleure au volant de sa vieille voiture.

— *Oh Lord, have mercy.*

Help me *to smile.*

8 h 46, Mathilde monte les deux étages en courant et donne un coup de sonnette avant d'entrer. Dès qu'elle referme la porte, une voix la sermonne :

— Vous êtes en retard.

— Oui, désolée, monsieur Rivet, il y avait beaucoup de circulation.

Mathilde accroche son manteau trempé dans le vestibule et enlève son bonnet. Elle se rend dans le salon où le veuf est assis dans son fauteuil, posé là par l'infirmière qui est passée lui faire sa toilette, l'habiller et lui donner ses médicaments.

— Comment ça va, ce matin ?

— Comment voulez-vous que ça aille ? marmonne le vieil homme.

Trois fois par semaine, Mathilde travaille deux heures et demie chez M. Rivet. Un emploi non déclaré, payé en liquide 10 euros de l'heure, mais dont elle ne peut se passer. Elle s'occupe du ménage et de la préparation des repas, fait les courses dans les commerces du quartier et supporte parfois les paroles atrabilaires de l'octogénaire. La plupart du temps, il est plutôt sympathique, mais il a ses mauvais jours.

— Il faudrait nettoyer la douche, les joints sont sales. C'est l'infirmière qui l'a dit.

Ce sera donc un mauvais jour.

— Pas de problème, fait Mathilde en enfilant sa blouse pour la deuxième fois de la journée.

Ne pas le contrarier, sinon il trouvera quelqu'un d'autre pour s'occuper de lui.

Mathilde file vers la salle de bains et continue à chanter tout en astiquant le bac en résine.

— *No one can take it* [Personne ne peut accepter ça]
And feel no pain [Sans ressentir de douleur].

Une rengaine qui la poursuivra sans doute jusqu'au soir. Une fois la salle de bains nettoyée, Mathilde retourne dans le salon.

— Vous avez besoin de courses ? demande-t-elle.

— Il pleut, rappelle M. Rivet.

— Ce n'est pas grave. Si c'est nécessaire, j'y vais quand même.

Elle remet son manteau et note sur un morceau de papier la liste dictée par Rivet. Rien d'essentiel, seulement quelques caprices. Elle met dans la poche arrière de son jean le chèque signé qu'il lui tend.

— Ne le perdez pas, surtout.

Toujours la même phrase avant qu'elle ne sorte faire les achats.

— N'ayez pas peur, monsieur Rivet. Je ferai très attention.

Mathilde enfile son bonnet et constate que le ciel lui offre une accalmie. Elle en profite pour prendre une cigarette dans son paquet presque vide et la fume tout en se dirigeant vers la supérette au bout de la rue.

Le Vieux lui a demandé peu de choses, mais dans sa liste, il y a une bouteille de bordeaux, une d'eau gazeuse, un litre de lait et un kilo de pommes de terre.

Sans doute pour m'obliger à monter les deux étages chargée comme une mule !

Ces deux étages qu'il ne peut plus descendre depuis que les années l'ont cloué dans son fauteuil.

Normal qu'il ait envie de se venger. Et la seule personne à portée de tir, c'est moi.

En pénétrant dans la supérette, elle salue le patron qui a pris l'habitude de la voir plusieurs fois par semaine et accepte les chèques signés par M. Rivet sans aucun problème. Mathilde fourre les produits commandés par son employeur dans le panier. Après une brève hésitation, elle y ajoute quelques provisions qui ne figurent pas sur la liste mais feront plaisir à Chloé.

Rivet ne demande jamais les tickets.

Légèrement anxieuse, elle passe à la caisse.

— Il a bon appétit aujourd'hui, m'sieur Rivet ! commente le patron.

— On dirait ! rétorque Mathilde avec un sourire gêné.

Depuis plusieurs semaines, elle escroque son employeur, améliorant son quotidien à l'aide d'un chéquier qui ne lui appartient pas. Avec un argent qui n'est pas le sien.

Elle est devenue une voleuse.

Elle est tombée bien bas.

Tombée si bas.

Mathilde fait un détour par sa voiture pour planquer son butin dans le coffre encombré de mille et une choses avant de se hâter de rejoindre l'immeuble. Elle peine à grimper jusqu'au deuxième, les bras chargés par les commissions.

— Vous en avez mis du temps ! remarque le Vieux.

Mathilde range les provisions dans le frigo, sert un verre d'eau gazeuse à son employeur. Puis elle lui prépare son déjeuner ainsi que son dîner.

11 heures, Mathilde quitte l'appartement après avoir salué M. Rivet, toujours dans son fauteuil.

Aurai-je un fauteuil, quand je serai vieille ? se demande-t-elle en descendant l'escalier. *Un toit, seulement ?*

Elle rejoint sa voiture d'un pas pressé, sous une nouvelle averse rageuse. Il faut désormais traverser Lyon dans l'autre sens, la pluie aggravant les difficultés de circulation. Derrière le volant de sa Peugeot, Mathilde chantonne.

— *And feel no pain…*

Je n'ai pas volé grand-chose, après tout. Juste de quoi faire plaisir à Chloé. Et puis me faire plaisir à moi aussi…

Coincée dans les embouteillages, elle se ronge les ongles.

Il ne s'apercevra de rien, je n'ai pas de souci à me faire ! C'est pour tous les kilos qu'il m'a forcée à monter jusqu'à son putain de deuxième étage. Alors qu'il pourrait très bien se faire livrer !

Inutile de chercher des prétextes, des excuses. Étienne Rivet ne mérite pas ça, Mathilde le sait.

11 h 52, Mathilde arrive enfin à destination. Elle cherche une place où garer sa voiture, tourne pendant plus de cinq minutes.

Ensuite, elle court. Encore et toujours.

Elle passe le portillon, adresse un signe au gardien, continue de courir jusqu'à la cantine.

— Vous êtes en retard, madame Lucas.

— Oui, désolée, ça circule mal aujourd'hui !

Elle se change à la va-vite et se hâte de rejoindre son poste. Ça ne fait qu'une semaine qu'elle a obtenu ce contrat de vacataire pour remplacer un agent absent. Six heures par semaine à la cantine de l'école primaire du quartier et ce pendant deux mois. Elle espère obtenir un véritable temps partiel si elle donne satisfaction, ce qui pourrait l'aider à améliorer grandement le quotidien.

Les gamins sont déjà attablés dans un brouhaha assourdissant. Mathilde commence par nettoyer la cuisine, ensuite elle fera la plonge. En chantant, comme souvent.

— *Help them to live life*
Help them to smile.

14 heures, Mathilde remonte dans sa voiture. Elle fume une cigarette, vitre et paupières baissées. Elle écoute la pluie qui tombe doucement. Puis elle tourne la clef dans le contact et repart au travers de la grande cité.

La circulation s'est enfin améliorée, pour quelques heures, pas plus. Tout en conduisant, elle grignote un biscuit au chocolat. Son unique repas depuis la veille au soir. Elle est obligée de stationner sa voiture dans un parking souterrain, dépense dont elle se serait bien passée.

Une salle d'attente triste et surchauffée qui sent le chien mouillé. Mathilde sort un livre de poche de son sac et essaie de se concentrer. Mais ses yeux se ferment à intervalles réguliers. Elle renonce et range le roman. Une histoire d'amour qui commence mal et finira bien. Les romanciers ont beaucoup d'imagination.

L'assistante sociale la reçoit avec une demi-heure de retard. Si encore elle avait une bonne nouvelle à lui annoncer…

— On vous cherche une solution, madame Lucas. Encore un peu de patience.

La routine.

Déçue, Mathilde se hâte de récupérer sa voiture. 4,60 euros de parking pour rien.

16 h 30, Mathilde récupère sa fille à la sortie de l'école. Elle n'a eu cours que ce matin, l'après-midi étant consacrée aux activités sportives. Mathilde prend le cartable de Chloé et elles marchent toutes les deux sous une pluie devenue légère, neigeuse. Deux rues plus loin, elles entrent dans un café et s'installent tout au fond, à une grande table. Mathilde commande un chocolat chaud pour Chloé, se contentant d'un verre d'eau. Puis elle sort le paquet de biscuits de son sac. Aujourd'hui, et grâce à M. Rivet, le goûter sera amélioré.

Chloé raconte sa journée d'école tout en avalant sa collation. Mathilde l'écoute, sourire aux lèvres.

— On s'y met ? dit-elle avant de pousser la tasse vide.

Chloé ouvre son cartable pour en sortir ses cahiers. Chaque soir de la semaine, le même rituel.

— Tu as beaucoup de devoirs aujourd'hui ?

— Non, pas trop, dit Chloé.

— Tant mieux !

Une courte récitation à apprendre et des exercices de mathématiques. Même si le bar est assez tranquille, difficile de se concentrer. Mais la fillette en a pris l'habitude et ne rechigne pas. Après la poésie, elles passent à l'algèbre.

— Quelle est la forme fractionnaire décomposée de 4,021 ?

Chloé a du mal, Mathilde de la patience et de vagues souvenirs de sa scolarité. Au bout d'une demi-heure, sa fille parvient à trouver la réponse à ce grand mystère.

Vers 17 h 45, elles quittent le café et remontent la rue d'un pas pressé. Il ne pleut plus mais le froid est cinglant. Elles pénètrent dans un vieil immeuble à la façade décrépie et gravissent les trois étages à pied. Pas d'ascenseur, ici. Mathilde frappe deux coups avant d'entrer dans l'appartement de sa sœur.

— Salut, c'est nous !

Pauline, qui prépare le dîner dans la kitchenette, les accueille avec un sourire fatigué. Tandis que Chloé s'installe devant la télé, Mathilde aide sa jeune sœur en cuisine.

Pauline travaille à mi-temps dans la restauration rapide et c'est parce que la mère de Matthias, son compagnon, a bien voulu se porter garante que le couple a pu louer ce deux-pièces près de la station de métro Guillotière, loin des quartiers chics de la ville qui les a vus naître.

Il y a trois mois, Matthias a perdu son emploi. Pour le moment, ils arrivent encore à s'en sortir. Mais pour combien de temps ?

— Ça va, pas trop fatiguée ? s'inquiète Pauline.

Mathilde hausse les épaules. Que peut-elle répondre ?

— Je tiens le coup, affirme-t-elle. Pas facile, mais je tiens le coup.

Elle jette un œil à Chloé affalée dans le sofa.

— J'ai pas le choix, de toute façon. Et avec Matthias, ça va ?

— Oui, dit Pauline. Il cherche toujours du taf, j'espère qu'il va trouver rapido !

Mathilde n'a jamais aimé Matthias. Elle n'arrive pas à lui faire confiance, se méfie de lui comme de la peste.

Mais elle n'a jamais partagé ses doutes avec sa sœur, pour qui elle aurait espéré un meilleur parti.

Une meilleure vie.

Mathilde récupère un sac de courses en papier qu'elle a laissé près de la porte et le confie à Pauline. Une partie du butin de la supérette.

— Je vous ai acheté des petits trucs, dit-elle.

— Merci, c'est sympa !

Mathilde lui remet aussi un billet de 50 euros. C'est ce qu'elle lui donne chaque semaine. Puis elle va prendre une douche, se change et abandonne ses affaires sales dans le bac à linge.

Ensuite, elle embrasse sa sœur puis Chloé.

— Salut, ma puce. Sois sage, hein ?

18 h 30, Mathilde quitte la Guillotière et retrouve sa voiture cinq cents mètres plus loin. La voilà à nouveau sur la route, à nouveau dans les embouteillages.

Elle arrive en périphérie de la grande cité, dans une zone d'activité commerciale, et s'arrête sur un parking à moitié vide.

19 heures, Mathilde entre dans le bâtiment toujours éclairé et enfile sa blouse. Elle a la surprise de trouver Rosetta dans le petit local où est entreposé le matériel de nettoyage.

— Qu'est-ce que tu fais là ?

— Le patron, il m'a collée ici tous les soirs.

Ici. Si loin de chez elle. Au moins une heure de transports en commun pour la jeune Africaine. Alors que, jusqu'à présent, Rosetta bossait le soir dans des locaux près de son quartier.

— Il m'a appelée à midi pour me prévenir, ajoute Rosetta.

— Pourquoi il t'a envoyée ici ?

Rosetta hausse les épaules d'un air désabusé.

— Parce que j'ai pas voulu.

— Pas voulu quoi ?

Soudain, Mathilde comprend. Il a échoué avec elle, la sanction est tombée. Ce n'est pas la première fois que cela arrive. D'autres ont eu à subir les assauts de M. Habib. Quand il n'obtient pas ce qu'il veut, il punit les filles en leur imposant des kilomètres supplémentaires. Mais en général, il se calme au bout de quelques semaines, au pire quelques mois. Il n'est pas rancunier.

C'est juste un salaud ordinaire.

Il n'emploie ni la force ni la menace, plutôt le chantage. *Je peux te donner plus d'heures, plus près du domicile, dans les locaux les plus faciles à entretenir…*

Oui, juste un salaud ordinaire.

Avec Mathilde, il n'a jamais essayé. Soit elle n'est pas à son goût – peut-être déjà trop vieille à trente-neuf ans –, soit il n'ose pas parce qu'elle n'est pas une étrangère, même en situation régulière. Il a une nette préférence pour les filles à la peau foncée. Un petit penchant pour l'exotisme.

— Désolée, dit Mathilde. Ça lui passera, va…

C'est parti pour deux heures de ménage. Certains bureaux de la société de transport sont encore occupés par des cadres qui font des heures supplémentaires. Il faut se faire discrètes.

Invisibles, rester invisibles.

De toute façon, on ne les voit pas. Pas vraiment. On ne les regarde presque jamais, même quand on leur dit bonsoir.

Elles commencent par les sanitaires, puis passent l'aspirateur dans les couloirs. Ici, c'est de la moquette à tous les étages et elles ne sont que deux.

Elles s'attaquent ensuite aux bureaux déserts, attendant patiemment que les retardataires veuillent bien quitter les lieux.

21 heures, Mathilde et Rosetta sortent du bâtiment. Le froid est vif, le ciel dégagé.

— Tu as un bus, au moins ?

— Je crois, soupire Rosetta. À demain.

Mathilde rejoint sa voiture en allumant une cigarette. Il n'en reste que deux, il faudra faire avec. Elle reprend la route et aperçoit sa collègue qui attend son bus. Elle stoppe sa Peugeot et klaxonne. Surprise, la jeune femme hésite à monter.

— Allez, viens, dit Mathilde. Je te raccompagne.

— Ça va te retarder.

— Et après ? C'est presque sur mon chemin. Monte, j'te dis !

Rosetta obéit et la remercie, encore et encore.

Traverser à nouveau la ville. À cette heure-là, ça roule mieux. Les deux femmes parlent peu, épuisées par leur journée, par les heures de labeur, le manque de sommeil.

— Tu peux me laisser là, dit soudain l'Africaine.

Mathilde arrête la voiture en double file.

— Je vais finir à pied, j'en ai pour cinq minutes. Merci encore.

— Tu as bien fait de lui dire non, affirme Mathilde.

Rosetta hausse les épaules.

— Je ne sais pas, répond-elle. C'est pas sûr… Bonne nuit.

21 h 45, Mathilde s'arrête dans un snack et commande un sandwich accompagné d'un Coca. Elle termine par un café. Le lieu est quasiment désert ; le patron et deux clients regardent un match de foot à la télé.

Mathilde, elle, a les yeux dans le vague. La fatigue l'accable, elle voudrait dormir.

Sa journée est enfin terminée. Mais pire encore, il va maintenant falloir affronter la nuit.

Dans les toilettes sales du restaurant, elle repense à ce qu'elle a volé à M. Rivet, une trentaine d'euros à peine. Depuis un mois, le total de ses larcins se monte à près de 200 euros. Comment a-t-elle pu en arriver là ?

Elle culpabilise mais sait qu'elle recommencera. C'était si facile…

Elle prend un café à emporter, règle la note et rejoint sa voiture.

22 heures, Mathilde gare sa Peugeot sur un petit parking près d'un parc public. La voilà arrivée à destination. Elle fume sa dernière cigarette, boit son café froid.

Elle s'emmitoufle dans une couette épaisse et ferme les yeux.

Comme chaque nuit depuis huit mois, Mathilde va dormir dans sa voiture.

***

Jeudi

3 h 32 du matin, Mathilde rêve. M. Rivet dit qu'il va appeler la police, qu'elle va aller en prison, qu'on lui enlèvera la garde de sa fille. Alors Mathilde le coince dans son fauteuil et commence à l'étrangler. Il se débat

à peine, comme résigné à mourir. Soudain, un bruit au niveau de la porte d'entrée. On dirait que quelqu'un tente de forcer la serrure. Les flics, déjà ? Mathilde essaie de se focaliser sur sa tâche mais le bruit qui s'intensifie la déconcentre…

Elle ouvre les yeux dans un sursaut. La respiration coupée, elle met quelques secondes à réaliser.

Trois hommes autour de la voiture.

L'un d'eux essaie d'ouvrir la portière côté conducteur ; un autre celle du passager. Planté devant le capot de la 405, le troisième la fixe.

— Elle est réveillée !

— Coucou chérie !

Ils se marrent, Mathilde panique. Elle arrache la couette qui la couvre, cherche la clef posée sur le tableau de bord. Elle lui échappe des mains, Mathilde se baisse pour la récupérer. C'est à cet instant qu'une pierre brise la vitre de droite. Elle hurle de terreur, parvient à mettre le contact. La portière s'ouvre au moment où elle enfonce la pédale d'accélération. Déjà à moitié dans l'habitacle, l'homme est traîné sur quelques mètres avant de rouler sur l'asphalte.

Nouveau cri.

La voiture fonce dans les rues désertes, Mathilde a les mains serrées sur le volant. Ce n'est que plusieurs kilomètres plus loin qu'elle se gare enfin sur le bas-côté. Tremblante, terrorisée, le visage trempé de larmes glacées.

4 h 45, Rosetta est déjà habillée et coiffée. Ses sœurs dorment encore, sa mère aussi. Elle a crié une bonne partie de la nuit, en proie à ses cauchemars habituels.

La jeune femme prend son sac et quitte l'appartement. La rue est aussi froide que déserte. Dans le bus, quelques passagers. Des femmes surtout. Des femmes qui, comme elle, partent nettoyer le monde à l'insu de tous. Le métro, ensuite, en compagnie d'autres soldats de cette armée d'ombres silencieuses, fatiguées, résignées.

Aujourd'hui, Rosetta ne verra pas Mathilde. Le jeudi, elles ne travaillent pas ensemble.

Le jeudi, c'est pire que tout.

Mais Rosetta songe qu'elle n'a pas le droit de se plaindre. Ce présent, si médiocre soit-il, est toujours mieux que le passé. Ce passé qui ne s'éloigne jamais. Ce passé, présent à chacun de ses pas, à chacune de ses respirations, dans chacun de ses rêves.

Rosetta a vu une guerre sans raison, sans lois. Sans aucune règle. De celles où on tue les hommes et les enfants. Où on viole et mutile les femmes, quel que soit leur âge. Sa grand-mère, sa tante, son père, ses frères… Tous morts. Sans raison, sans lois, sans règles.

Mais l'horreur ne connaît pas de règles.

Rosetta a vu ce dont l'homme est capable. Atrocités gravées dans sa chair comme dans sa mémoire. Celles qu'aucun mot ne saurait décrire.

Aucun mot, juste des cris. Des hurlements qui résonnent dans sa pauvre tête du matin au soir. L'oubli serait un merveilleux onguent sur ses plaies. Mais l'oubli ne veut pas de Rosetta.

La mort non plus n'a pas voulu d'elle.

Alors, chaque jour, faire comme si la vie en valait la peine.

5 h 10, Étienne Rivet se réveille. Toute sa vie, il a été obligé de se lever tôt pour aller travailler. Aujourd'hui, il pourrait

s'offrir des grasses matinées, mais malheureusement le sommeil lui échappe.

Il reste un moment les yeux ouverts sur les ténèbres, à comptabiliser les douleurs qui se sont réveillées en même temps que lui. Aujourd'hui, ce sera une journée maussade, comme il en vit tant ces dernières années.

Aujourd'hui, Mlle Mathilde ne viendra pas.

Il aimerait qu'elle soit là tous les jours, voire toute la journée, mais sa retraite ne lui permet pas ce luxe. Il aimerait l'entendre chanter à longueur de temps, elle dont la voix est si douce, si juste. Il aimerait la voir sourire plus souvent, aussi.

Il aurait aimé qu'elle soit sa fille.

5 h 40, Mathilde pénètre dans les locaux de la société de crédit. M. Habib, son patron, aime bien faire tourner ses équipes. Il dit que ce n'est pas bon que les filles travaillent tous les jours dans les mêmes endroits, qu'elles prennent des habitudes et deviennent fainéantes.

Ce matin, il est justement là.

On ne sait jamais quand ni où il se pointera.

— Bonjour ! lance-t-il. Ouh ! Petite mine, ce matin… Elle a mal dormi ?

Elle répond d'un signe de tête tout en enfilant sa blouse. M. Habib est un type jovial, hâbleur. Il sourit constamment, même pour annoncer les pires nouvelles. Il adore raconter qu'il prend soin de ses employées, qu'il est à leur écoute, qu'il est comme un père pour elles. Mais Mathilde sait ce qu'il est vraiment.

Elle le lit dans ses yeux.

Pourtant, elle ne peut se passer des 784 euros net que lui rapporte ce travail chaque mois.

— Il me faudrait plus d'heures, monsieur Habib, dit-elle.

— Et moi, il me faudrait plus de contrats ! soupire le patron.

— C'est très important. Je suis à la recherche d'un logement et…

Nouveau soupir, agrémenté d'un sourire désolé.

— Elles me disent toutes ça ! Mais les heures, je peux pas les inventer…

— Quels que soient le lieu et les horaires, je prends.

— Je vais voir ce que je peux faire, promet-il.

— Et pour l'appartement, vous n'avez toujours rien ?

M. Habib est propriétaire de quelques taudis dans Lyon et alentour. Combien, Mathilde l'ignore. Mais ils sont tous loués.

— Non, rien ne s'est libéré, répond-il. Mais ça va peut-être venir.

Maigre lueur d'espoir.

Mathilde se met au travail, la fatigue sur les épaules. Le dos cassé par l'inconfort et le froid. Cette nuit encore, elle n'a dormi que deux heures, incapable de retrouver le sommeil après l'agression.

Il va falloir qu'elle fasse changer la vitre de sa voiture.

Sa maison.

Sa plus fidèle amie.

Il y a huit mois, elle s'est séparée de son compagnon et a perdu l'appartement où ils vivaient tous les trois. Quant au père de Chloé, il s'est évaporé avant la naissance de sa fille.

Elles ont vécu quelque temps à l'hôtel, quelques semaines qui ont englouti les maigres économies de Mathilde. Puis Pauline a accepté d'héberger sa nièce. Elle lui a donné sa chambre, tandis qu'elle et Matthias dorment sur le canapé du salon. Combien de jours encore accepteront-ils cette situation ?

Personne ne veut lui louer le moindre studio tant ses revenus sont faibles, tant sa situation est précaire. Sans CDI et surtout sans garant, c'est mission impossible.

Travailler et dormir dans sa voiture.

Travailler et ne pas avoir de quoi survivre.

Pourtant, ce soir, Mathilde enfilera à nouveau sa blouse.

21 h 30, Chloé ne dort pas. Elle ne le dira pas à sa mère, pour ne pas lui causer de souci, mais elle ne s'endormira pas avant minuit.

Certains soirs, c'est même plus tard.

Certaines nuits, c'est à peine si elle dort.

Maman a déjà beaucoup de problèmes, je ne vais pas lui en rajouter ! Lui dire que je suis malheureuse de ne la voir qu'une ou deux heures par jour. De vivre chez ma tante, même si elle est gentille avec moi.

Lui dire qu'elle me manque.

Lui raconter qu'il y a une fille qui s'est moquée de moi à l'école parce que mes vêtements ne sont pas à la mode.

« Tu les as trouvés à la poubelle ?! »

Ça a fait rire Jérémy, ça m'a fait mal.

Un jour, maman aura de l'argent, j'en suis sûre. Et tout ira mieux, alors.

Lui dire que Matthias, je ne l'aime pas.

Parce qu'il m'aime trop.

22 heures, Mathilde gare sa voiture sur un parking au bord du Rhône. Elle stationne toujours là le jeudi soir, car l'endroit est proche des locaux qu'elle nettoie le vendredi matin.

Du coup, elle peut se « lever » un peu plus tard.

Ici, elle retrouve une étrange tribu nocturne. Une tribu à laquelle elle appartient. Des gens qui, comme elle, ont transformé leur véhicule en appartement de fortune.

Il y a Mireille, soixante-neuf ans, qui vient là depuis trois mois parce que son propriétaire a récupéré l'appartement où elle vivait pour y loger son fils.

Il y a Bertrand, fonctionnaire territorial, qui n'a pas réussi à trouver un logement après son divorce. La pension alimentaire ne lui laisse pas de quoi payer un loyer.

Il y a Marius, un Roumain qui travaille sur des chantiers.

Il y a…

Des hommes et des femmes cabossés par la vie. Qui ont perdu leurs illusions mais pas leurs espoirs. Ils ne sont pas encore sans-abri, seulement SDF. Ils ne sont pas encore tombés au fond du trou. Ils s'accrochent à chaque aspérité de la paroi pour éviter de chuter plus bas encore.

Marius et Bertrand remplacent la vitre brisée de la 405 par un morceau de bâche solidement scotché à la carrosserie. Puis Mireille fait chauffer de l'eau et prépare de la tisane pour ses compagnons.

Ils racontent leur journée, leurs galères.

Il y a des soupirs, des souvenirs et des sourires.

Il y a ces jours sans fin et ces nuits sans chaleur. Cette sensation d'être sale, d'être rien, moins que rien.

Ces dangers qu'on n'a pas vus venir, ces risques qu'on n'a pas osé prendre. Ces tentations auxquelles on n'a pas eu la force de résister.

Il y a ces mauvais héritages, ces mauvais choix, mauvaises pentes, mauvais départs. Ces erreurs qui ont mené à l'impasse, ces chemins cahoteux, ces sens interdits. Il y a ces portes qu'on n'a pas su ouvrir, ces pièges qu'on n'a pas su éviter, ces opportunités qu'on n'a pas su saisir.

Il y a ce manque de chance.
Il y a cette colère, ce dégoût.
Il y a…
Des fois où on préférerait être mort.

***

Vendredi

Les grands yeux de Rosetta sont pleins de larmes ce matin. De larmes et de douleur.

Mathilde essaie de savoir ce qui lui arrive, mais sa jeune collègue ne se livre pas facilement. Elle dit que ce n'est rien, que ça va passer. Que c'est la vie.

Mathilde la raccompagne jusqu'à l'arrêt de bus le plus proche, lui demande si elle a besoin d'argent, si elle a des problèmes avec sa famille. Rosetta la remercie d'un sourire et s'éloigne sous un ciel menaçant, emportant ses secrets avec elle.

Mlle Mathilde est en retard, Étienne Rivet s'angoisse. Et si elle ne venait pas, ce matin ? S'il n'entendait pas sa voix, ne voyait pas son visage ?

L'angoisse fait rapidement place à la colère. Elle pourrait l'appeler, le prévenir, le rassurer… N'a-t-elle donc aucune considération pour lui ?

Aidé de sa fidèle canne, il se dirige vers la fenêtre. Ses douleurs sont terribles, aujourd'hui. Elles le dévorent littéralement, l'empêchant presque de respirer. Il scrute la rue, dans l'espoir de voir sa silhouette courir vers l'immeuble. Mais il ne voit rien et des larmes acides atteignent le bord de ses yeux.

Mathilde salue M. Rivet mais oublie de s'excuser malgré son retard. En guise de bonjour, il lui balance une phrase assassine, censée le soulager de l'heure d'angoisse qu'il vient de traverser.

— Ça va, souffle Mathilde, je resterai plus longtemps, voilà tout !

Puisqu'il est à la retraite, elle ne comprend pas qu'un simple contretemps puisse le mettre dans cet état.

— *Voilà tout ?* riposte le Vieux. Vous auriez pu m'appeler !

— Je fais de mon mieux, monsieur Rivet !

Il ne répond pas, étonné qu'elle ose hausser la voix.

Peiné qu'elle lui parle sur ce ton.

— Je cours toute la journée pour gagner quatre sous et en plus, je me fais engueuler !

Mathilde s'isole quelques instants sur le minuscule balcon et s'appuie au garde-corps.

Ce n'est pas le moment de perdre ce boulot. Reprends-toi, ma vieille.

Elle revient à l'intérieur, Rivet la fixe.

— Vous êtes calmée, mademoiselle Mathilde ?

Elle est toujours surprise de s'entendre appeler ainsi. Ça fait bien longtemps qu'elle n'est plus une demoiselle.

— Oui, excusez-moi… Je vais commencer par les courses. Que vous faut-il ?

Il tend la liste déjà prête. Pas grand-chose, à peine trois ou quatre lignes. Il détache du carnet un chèque qu'il signe et date, plus un billet de 20 euros pour le poissonnier. M. Rivet aime manger du poisson chaque vendredi même s'il ne croit pas en Dieu. Une vieille habitude qu'il a gardée du temps où Odette régnait sur sa vie.

— J'y vais, dit Mathilde. Je fais au plus vite.

Les rayons de la supérette sont quasiment déserts et Mathilde jette dans le panier la commande de son employeur. Elle hésite quelques secondes.

Ne recommence pas. Ça va mal finir.

Pourtant, Mathilde récidive. Elle prend même plus de choses que d'habitude. Des biscuits au chocolat, des céréales bio, des pâtes, du riz, des capsules de café pour Pauline, un livre de poche, trois bouteilles de Coca…

Le gérant n'y voit que du feu et accepte le chèque que sa cliente lui tend d'une main tremblante. Mathilde court jusqu'à la poissonnerie avant de remiser les fruits de son larcin dans le coffre de la Peugeot.

Quand elle revient à l'appartement, M. Rivet s'est assis près de la table, un album photo ouvert devant lui.

Mathilde range les provisions et passe l'aspirateur avant de se mettre aux fourneaux. Pendant que le poisson cuit dans le four, elle prépare de la soupe de légumes, ainsi qu'une fondue de poireaux.

Quand elle revient dans le salon, M. Rivet est toujours près de la table, devant la dernière page de l'album. Il contemple une photo de sa fille, Nadia.

— Aujourd'hui, ça fait pile deux ans que je ne l'ai pas vue. C'était le jour de l'enterrement de ma femme…

21 h 30, Mathilde et sa fille sortent du fast-food et grimpent dans la voiture. Vu qu'elle n'a pas encore dix ans, Chloé devrait monter à l'arrière. Mais la banquette est tellement encombrée qu'elle s'attache sur le siège passager. Dix minutes plus tard, elles arrivent à l'hôtel.

Le week-end, enfin.

Deux nuits de répit pendant lesquelles Mathilde et sa fille se retrouvent dans une vraie chambre. Même si l'établissement est loin d'être un palace, elles ont leur salle de bains avec baignoire et sèche-cheveux. Un lit king size et un autre une place, ainsi qu'un petit bureau où Chloé pourra tranquillement réviser ses leçons.

Le luxe.

***

Samedi

Tant qu'Odette était sur cette planète, il avait une raison d'y être aussi. Mais aujourd'hui ?

Le Général a dit un jour que la vieillesse est un naufrage. Étienne Rivet est d'accord. Il a seulement envie d'ajouter que c'est un naufrage interminable. Ayant passé plusieurs années dans la Marine nationale, il est bien placé pour savoir qu'un naufrage est en général assez rapide.

La vieillesse, elle, prend son temps.

D'ailleurs, elle vous prend tout. Ou presque.

Morceau par morceau.

M. Rivet aime à se comparer à ces falaises de calcaire blanc. Ces colosses de pierre qui défient le soleil depuis des temps immémoriaux. Ces colosses que l'océan grignote.

Morceau par morceau.

À chaque assaut de l'âge, on perd quelque chose.

Perdre un à un ceux qu'on aime. Perdre ses certitudes, aussi. Perdre son énergie, sa combativité. Jusqu'à son envie.

Mais n'y gagnerait-on pas quelque chose en échange ? Étienne Rivet n'a pas encore la réponse à cette question.

Il n'est pas sûr.

De la sagesse, peut-être. Un recul certain, une certaine acuité. Une autre vision du monde.

Et de la patience, sans doute. Parce que M. Rivet attend. Il attend toujours quelque chose ou quelqu'un.

Chaque matin, il attend que le soleil se lève. Chaque soir, qu'il se couche.

Chaque matin, il attend aussi l'infirmière. Son *Bonjour, m'sieur Rivet !* qui lui annonce que la journée commence.

Chaque lundi et mercredi après-midi, c'est au tour du kiné.

Un jour sur deux, pendant la semaine, il attend Mlle Mathilde.

Et chaque minute, chaque seconde, il attend un signe de la part de Nadia. Un coup de téléphone, une lettre.

Papa, je vais venir te voir !

Et puis, de temps en temps, M. Rivet attend la mort.

Qui, plus sûrement que sa fille unique, viendra un beau jour lui rendre visite.

10 h 30, Mathilde sort de la baignoire. Après une longue nuit de sommeil, un copieux petit déjeuner, elle s'est offert un bain, tandis que Chloé regardait la télé dans la chambre.

Si seulement il n'y avait que des week-ends… Si seulement la vie n'était que ça.

Mathilde se sèche et s'habille avant d'éteindre la télé.

— On attaque les devoirs, ma puce ?

Chloé soupire, mais elle sait que c'est un passage obligé.

— Plus vite on termine, plus vite on est tranquilles ! lui rappelle sa mère. On fera une pause pour le déjeuner.

— McDo ?

— Non, on y est déjà allées hier soir. On mangera une salade au snack, ça vaudra mieux. Allez, sors tes affaires.

Chloé s'exécute et elles décident de commencer par l'histoire. Remonter le temps jusqu'au Moyen Âge pour étudier les relations entre seigneurs et paysans. Mathilde lit à haute voix la page du livre que sa fille doit mémoriser. Ça lui rappelle vaguement quelque chose. Pourtant, M. Habib n'a rien d'un seigneur…

11 heures, Rosetta repasse le linge. Elle a terminé le ménage, elle a aidé sa plus jeune sœur à faire ses devoirs, tandis que la cadette était en cours. Elle a préparé le déjeuner, elle pourrait se reposer.

Car Rosetta est épuisée.

Mais travailler l'aide à tenir debout.

Cette nuit, sa mère a encore fait une crise. Des cris, des hurlements de terreur avant le silence et les larmes. Se noyer dans les souvenirs atroces, revivre ce qu'on n'aurait pas dû vivre une seule fois dans sa vie. Rosetta aussi fait des cauchemars. Même quand elle est réveillée.

Ce cauchemar, qui n'en finit pas.

Tout en repassant, elle regarde sa petite sœur s'amuser avec le chaton qu'elle a trouvé dans la cour. On la dirait insouciante. Pourtant, elle aussi est traumatisée à vie.

Elle non plus n'oubliera jamais.

La mère est sur le vieux sofa. Elle fixe sa main droite, ou plutôt ce qu'il en reste. La moitié, tout au plus.

Comment lui dire ? Qu'il va falloir encore se battre, que les nuages envahissent le ciel ?

Comment lui dire…

17 heures, les devoirs sont terminés, Chloé et sa mère s'offrent une séance de cinéma. Un loisir onéreux mais

qu'elles ont bien mérité. Une belle histoire qui nous fait croire que la vie est juste et que les gentils gagnent toujours à la fin. De quoi reprendre espoir.

En quittant la salle, elles marchent un peu dans la ville.

— Pourquoi on part jamais en vacances ? demande soudain Chloé.

— Parce que je n'aime pas les vacances, répond Mathilde.

— Moi oui.

— On partira cet été, prétend sa mère.

— On ira où ?

— Je ne sais pas encore. On verra. Traiteur chinois ce soir ?

La réponse est un *oui* catégorique et enthousiaste. Changer de sujet, dévier la conversation. Mathilde est devenue experte en la matière.

Mentir, aussi.

À sa propre fille.

Mathilde sait qu'elle ne devrait pas. Mais comment lui dire la vérité ? Comment lui avouer que sa mère n'est pas capable de subvenir à ses besoins élémentaires ?

— Allez, trouvons-nous de bons nems ! lance Mathilde en prenant la main de sa fille. Je meurs de faim.

Mentir et voler. Je n'aurais jamais pensé qu'un jour...

***

Dimanche

— Tu dors où, toi, la semaine ? interroge Chloé.

— Je te l'ai déjà dit, soupire Mathilde. Sur mon lieu de travail.

— Et pourquoi je peux pas dormir avec toi là-bas ?

— C'est interdit aux enfants... Tu n'es pas bien chez Pauline ?

Chloé hausse les épaules.

— Bof...

— C'est provisoire, affirme Mathilde. Bientôt, on aura notre appartement.

— Pourquoi on l'a pas maintenant ?

— Parce que je cherche quelque chose de bien et que je n'ai pas encore trouvé.

— Je préférerais dormir avec toi, répète Chloé.

— C'est impossible. Pas maintenant.

La petite fille a des larmes plein les yeux.

— Qu'est-ce qui se passe, ma chérie ?

Chloé sèche ses larmes.

— Rien, murmure-t-elle au bout d'une seconde.

Elles ont fait leur sac et rendent la clef de la chambre. Elles montent dans la voiture, Chloé reste silencieuse.

— Tu peux me parler, tu sais, insiste Mathilde.

— C'est rien, je te dis.

Après le déjeuner, Rosetta a raconté à sa mère ce que son patron lui fait subir, le chantage qu'il fait peser sur elle.

Sa mère lui a répondu qu'elle aurait dû céder. Que ce qui compte, c'est que ses sœurs puissent avoir un toit et de quoi manger. Que le reste n'a pas d'importance. Son corps, sa dignité, son amour-propre...

Rosetta se sent mal, si mal. Incapable, elle en est sûre, de s'occuper de sa propre famille, d'être à la hauteur. Assise sur un muret non loin du Rhône, la jeune femme regarde passer les flots. Rongée par la culpabilité, elle aimerait se laisser emporter par le courant.

Disparaître, à tout jamais.

Ça tourne, ça monte, ça descend. Elles rient aux éclats, si près l'une de l'autre.

Mathilde a emmené sa fille à la fête foraine.

Ce week-end, elle a dépensé le peu qu'elle avait, mais n'a aucun regret. Le sourire et les rires de Chloé valent tous les sacrifices du monde. Elles ont testé plusieurs manèges, ont mangé des cochonneries, ont éprouvé leur adresse.

Être ensemble, simplement.

Mais la nuit tombe et rien ne pourra arrêter le temps.

L'heure de la séparation.

Mathilde ramène Chloé à l'appartement vers 18 heures. Pauline n'étant pas encore rentrée du travail, c'est Matthias qui ouvre la porte. La fillette lui dit à peine bonjour et s'installe devant la télévision. Mathilde discute un moment avec Matthias, espérant que sa sœur va rentrer au plus vite. Rien à faire, cet homme la met mal à l'aise.

***

Lundi

8 h 30, Mathilde arrive à l'heure chez M. Rivet.

— Vous avez passé un bon week-end ? s'enquiert-elle.

— Je me suis ennuyé sans vous.

Elle lui adresse un sourire étonné.

— Vraiment ?

Il hoche la tête et la regarde enfiler sa blouse.

Cette nuit, Mathilde n'a pas dormi. Le froid l'en a empêchée. Plusieurs fois, elle a mis le moteur en marche pour chauffer l'habitacle de la Peugeot. Mais le carburant est si cher qu'elle ne peut se permettre de faire tourner le moteur toute la nuit.

Durant cette longue insomnie, elle s'est posé mille questions.

Pourquoi Chloé ne veut-elle plus dormir chez Pauline ? Et si… si Matthias lui avait fait du mal ?

Une pensée devenue très vite obsession.

Une obsession devenue peur panique.

Le regard de cet homme, son sourire, ses gestes… Mais comment faire ? Elle n'a pas les moyens de payer l'hôtel plus de deux nuits par semaine et ne peut pas faire dormir sa fille de neuf ans dans une voiture en plein hiver.

Heureusement, ce matin, M. Habib est passé tandis qu'elle nettoyait les bureaux. Il lui a promis qu'un appartement allait se libérer prochainement.

Très prochainement, même.

Un T3 avec deux chambres et une cuisine *presque* équipée. Le loyer est de 650 euros par mois mais, avec les allocations logement et l'aide des Restos, Mathilde devrait y arriver.

Elle *doit* y arriver.

Habib lui a promis une visite avant la fin du mois.

Si Matthias a fait du mal à ma petite fille, je le tue.

Pour se changer les idées, Mathilde se met à chanter tout en astiquant la cuisine.

— *Help them to have some future*
Help them to live long.

Dans la pièce d'à côté, Étienne sourit. Puis il se met lui aussi à chanter, sur un rythme et avec un accent qui n'appartiennent qu'à lui.

— *Help them to live life*
Help them to smile.

19 heures, Mathilde serre sa fille dans ses bras.

— Je vais bientôt visiter un appartement, ma chérie. On aura très vite un chez-nous, tu vas voir !

Chloé sourit, la joie explose dans ses yeux. Mathilde s'était juré de ne rien lui dire avant d'être sûre, mais elle n'a pas su tenir sa promesse.

— C'est vrai ? C'est quand ?

— Tout bientôt ! Mais je n'ai pas encore de date précise.

Comme si soudain elle n'y croyait plus, Chloé se renfrogne. Elle s'écarte de sa mère et soupire.

— Je sens que je vais encore dormir chez Pauline un moment.

— J'ai conscience que ce n'est pas facile, ma puce. Pour moi aussi, tu sais… Mais je fais vraiment tout ce que je peux.

Elles commencent à monter l'escalier, c'est Mathilde qui porte le cartable de sa fille.

— Il est gentil avec toi, Matthias ?

— Oui, répond simplement sa fille. Et il est très gentil avec Pauline, aussi.

— Ah oui ?

— Oui. Surtout la nuit. Ils s'amusent bien sur le canapé ! Ils croient que je dors, mais je ne dors pas. Alors j'entends tout.

Mathilde se fige, la respiration coupée.

— Tu viens, maman ? s'impatiente la fillette. Ça va, c'est pas grave puisque c'est *tout bientôt* terminé…

22 heures, Mireille leur a préparé du café. Il fait encore très froid, ce soir. La nuit sera rude et longue.

Depuis l'agression, Mathilde ne dort plus qu'ici, même si ça rallonge son temps de parcours certains matins. Ici, elle n'est pas seule. Les membres de la tribu veillent sur elle.

Elle ne cesse de penser à sa fille. À ce qu'elle lui a confié, à tout ce qu'elle ne lui a pas dit.

Il faut trouver une solution.

Tout bientôt.

Mireille leur offre des petits gâteaux pour accompagner le café. Elle est comme une mère pour eux. Une mère qui vieillit à une vitesse hallucinante. Dormir dehors accélère les effets du temps. Le froid, la précarité, les angoisses, l'inconfort, la peur.

Chaque soir, Mathilde trouve que Mireille a l'air plus âgée que la veille. Et elle se dit qu'il doit en être de même pour elle…

1 h 50, Mathilde se réveille en sursaut. Des bruits, des cris. Ils sont tous autour de la voiture de Mireille. Bertrand, Marius et les autres. Mathilde se précipite vers le groupe.

— Qu'est-ce qui se passe ?

— Elle ne bouge plus, annonce Bertrand.

— Comment ça, elle ne bouge plus ? s'alarme Mathilde. Vous avez appelé les secours ?

— Ils arrivent.

À peine a-t-il terminé sa phrase qu'un fourgon de pompiers et une voiture blanche se garent sur le parking. Deux hommes en uniforme et un médecin du Samu les prient de s'écarter. Mathilde tape des pieds pour se réchauffer, les yeux rivés sur la vieille Volkswagen de Mireille. Au bout d'une dizaine de minutes, tout le monde comprend que l'histoire est finie.

Mathilde éclate en sanglots, Marius la serre dans ses bras. Avec son accent à couper au couteau, il murmure :

— Au moins, elle n'a plus froid.

Dormir dehors, ça accélère les effets du temps.

Dormir dehors, ça tue.

***

Jeudi

Ils ont parlé de Mireille à la télé. Elle qui avait toujours rêvé d'être célèbre...

Les autorités locales sont bien emmerdées. Ils n'étaient pas au courant de la situation de cette femme, sinon ils auraient bien sûr fait quelque chose.

Bien sûr.

Mathilde passe aux Restos du Cœur, prend quelques provisions pour elle et Pauline. Depuis deux semaines, il y a un nouveau venu dans l'équipe des bénévoles. Il n'est pas très grand, pas très costaud, pas très bien habillé. Pourtant, Mathilde ressent une forte émotion dès qu'elle le voit. Chaque fois un peu plus.

Il semble plus jeune qu'elle, sans doute ne la remarquera-t-il jamais.

Mais ce soir, il lui sourit. Avec insistance.

Antoine entame la discussion. Ils se retrouvent dehors, un gobelet de café chaud entre leurs mains qui tremblent. Ils ne posent pas de questions indiscrètes, parlent de tout et de rien. Les mots sont finalement sans importance. Ce qui compte, ce sont les regards.

Ce qui compte, c'est ce que les yeux disent.

Mathilde regrette de porter des vêtements usés et un parfum bon marché. Elle regrette de ne pas avoir les moyens de se maquiller. Elle se trouve moche et vieille.

Elle aime son sourire timide, sa voix posée, la forme de son visage, sa barbe naissante.

Ils passent quinze minutes ensemble. Et lorsque Mathilde remonte dans sa voiture, quelque chose a changé.

Il lui a dit *À bientôt.*

Quelque part au fond d'elle, une flamme qu'elle croyait éteinte…

***

Vendredi

5 h 30, Mathilde gare sa voiture sur le parking du bâtiment. Rosetta, Aïcha et la nouvelle l'attendent déjà. Mathilde ouvre la porte et neutralise l'alarme. Rosetta ne dit pas un mot, ne la regarde même pas. Tandis que les deux autres commencent à nettoyer le premier étage, Mathilde et sa jeune collègue s'occupent du rez-de-chaussée. Rosetta n'a toujours pas ouvert la bouche.

— Qu'est-ce qui se passe ?

L'Africaine lui tourne le dos et entre dans un bureau.

— Parle-moi ! insiste Mathilde.

— Je n'ai rien à te dire. Laisse-moi.

Désarçonnée, Mathilde bat en retraite. Elle s'enferme dans les sanitaires et passe une demi-heure à tout récurer. Elle pense à Chloé, elle pense à Mireille, elle pense à Rosetta. Elle pense à Antoine, aussi. Elle n'a pas rêvé, il est attiré par elle. Elle plaît à quelqu'un ! Ce nouvel espoir fait germer un sourire sur ses lèvres gercées.

Quand Mathilde a terminé, elle cherche sa collègue. Elle visite chaque bureau, en vain. Elle monte au premier, interroge les deux autres : elles n'ont pas vu Rosetta. Aurait-elle déserté ?

Mathilde se met en colère. Seule, elle ne parviendra pas à finir dans les temps, et il reste le troisième à nettoyer.

De retour au rez-de-chaussée, elle inspecte le réduit où est entreposé le matériel de ménage. Toujours personne. Alors Mathilde descend d'un étage et pousse la porte du local à poubelles.

Enfin, elle trouve Rosetta. Les bras le long du corps, la tête penchée sur le côté, les yeux ouverts, elle se balance doucement.

Au bout d'une corde.

Cette fois, c'est sûr, Mlle Mathilde ne viendra pas. Après avoir vainement scruté la rue, Étienne retourne s'échouer dans son fauteuil. Ses mains, chaque jour un peu plus abandonnées par la force, se mettent à trembler.

Lui serait-il arrivé quelque chose ? Un accident de voiture ?

Deux heures de retard, elle m'aurait forcément appelé si elle en avait la possibilité.

À 10 h 45, coup de sonnette, comme un coup de théâtre. La porte s'ouvre, Mathilde entre sans un mot et abandonne son manteau dans le vestibule. Elle pénètre dans le salon, adresse à son employeur un bonjour sombre.

— Il est presque 11 heures ! rappelle-t-il d'une voix écorchée.

Mathilde le dévisage avec rage.

— Et alors ? C'est la fin du monde, c'est ça ?

— Vous pourriez me parler autrement ! s'offusque Rivet.

— Vous voulez savoir pourquoi je suis en retard ?

Oui, il voudrait savoir. Ce qui lui arrive. Il voudrait partager, l'entendre se confier.

Avec une colère froide, Mathilde enchaîne :

— C'est parce qu'une de mes collègues s'est pendue, ce matin. Elle avait tout juste vingt ans. C'est moi qui l'ai trouvée dans le local à poubelles de l'immeuble. Ça vous va comme motif de retard ?

M. Rivet reste bouche bée.

— Puisqu'on y est, vous voulez savoir où je dors, la nuit ? Ça vous intéresse ?

Étienne ne sait plus quoi dire. Il se contente d'encaisser les coups qui pleuvent sur son corps fragile.

— Je suis obligée de dormir dans ma voiture ! Parce que je ne gagne pas assez de fric pour louer un appartement. Je suis obligée de laisser ma fille chez ma sœur et de dormir dans la rue et vous, vous m'emmerdez parce que je suis en retard ?

— Mais...

Mathilde reprend son manteau avant de claquer la porte de l'appartement. Étienne est sous le choc. Ses mains se crispent sur les accoudoirs du fauteuil, il a envie de pleurer.

— Revenez, mademoiselle Mathilde, murmure-t-il. Revenez, s'il vous plaît...

En réponse à sa supplique, la porte s'ouvre à nouveau. Sans un mot, Mathilde enfile sa blouse et file vers la cuisine. Étienne saisit sa canne et s'extirpe avec difficulté du fauteuil pour la rejoindre d'un pas incertain. Il l'observe tandis qu'elle fait la petite vaisselle restée dans l'évier.

— Je m'inquiétais, c'est tout.

Elle continue son travail comme si elle ne l'avait pas entendu.

— Je m'inquiétais pour vous, précise le vieil homme. Et je suis navré pour votre amie.

— Merci, lâche Mathilde. N'en parlons plus.

11 h 15, Mathilde sort de chez le poissonnier et pénètre dans la supérette. Tel un robot, elle enfourne les provisions dans le panier.

Tel un robot, Mathilde fait ses propres courses.

Le visage de Rosetta est face au sien.

Visage d'une enfant pendue.

Image qui ne s'effacera jamais de sa mémoire.

Elle s'est donné la mort dans le local à poubelles. Comme si sa place était là.

Pourquoi s'est-elle infligé la peine capitale ? Pourquoi abandonner la lutte après tout ce qu'elle a surmonté ?

Mathilde voudrait rendre visite à la famille de Rosetta, mais elle ignore où elle habite précisément. Elle a répondu aux questions de la police, *oubliant* seulement de leur dire que M. Habib harcelait la jeune victime. Il était là, juste à côté. À écouter le moindre de ses mots.

Leur balancer ça, c'était à coup sûr perdre son travail pour un résultat plus qu'incertain.

Mathilde met son butin dans le coffre de la Peugeot avant de retourner chez M. Rivet. Elle a l'impression d'avoir du sang dans la gorge, une masse informe dans l'estomac. Tout pèse lourd, tout est difficile, même respirer.

***

Samedi

Depuis la veille, les paroles de Mathilde trottent dans sa tête. Elle dort dans sa voiture, n'a pas de quoi se loger, de quoi élever dignement sa petite Chloé. Étienne réfléchit à ce qu'il pourrait bien faire pour lui venir en aide. Ça occupe son esprit, ça lui a même redonné une certaine énergie. En milieu de matinée, il passe un coup de fil, puis un autre.

À 11 heures, il a trouvé la solution.

Très fier de lui, il se rend dans la cuisine. Pour son déjeuner, tout est prêt dans le frigo, grâce à Mathilde. Mais il a envie d'autre chose. Alors il appelle M. Rigaud, le gérant de la supérette. Il sait que le samedi, il propose souvent des plats « traiteur » à ses clients. Aujourd'hui, c'est farcis à la provençale made in Lyon. Ça lui ira très bien. Étienne en profite pour commander deux ou trois petites choses dont il pense avoir besoin. Le commerçant accepte de lui apporter tout cela avant midi. Tant pis pour son diabète. Et puis, à quoi bon retarder l'échéance ? Gagner un an ou deux, quelle importance ?

Sa femme l'attend sans doute quelque part et il n'a plus qu'une hâte : la rejoindre pour continuer la route qu'ils ont tracée ensemble pendant cinquante-deux ans.

À midi, Chloé et sa mère font une pause dans les devoirs. Elles quittent l'hôtel et se rendent dans un snack au bout de la rue. Mathilde fait des efforts pour sourire et être attentionnée avec sa fille, mais le visage de Rosetta la poursuit.

Défigurée par la mort.

Pourquoi semblait-elle lui en vouloir juste avant de passer à l'acte ?

Qu'ai-je bien pu faire pour qu'elle me tourne le dos ?

Chloé a l'air également ailleurs. Elle a du mal à se concentrer et, plus inquiétant encore, elle a fait des cauchemars cette nuit. Mathilde s'en est rendu compte, incapable de dormir malgré le vrai lit enfin à sa disposition.

— Tu as des choses à me dire, ma puce ? demande-t-elle au moment du dessert.

— Quoi ?

— Je sais pas… ça se passe bien avec Matthias ?

Chloé regarde ailleurs, Mathilde sent son cœur se serrer violemment.

— Oui, murmure la fillette.

— Tu es sûre ? Tu peux tout me dire, tu sais. Absolument tout…

— Non, ça va.

— Il a fait quelque chose de mal avec toi ?

— Mais non ! souffle Chloé.

Elle gigote sur sa chaise, mal à l'aise. Mathilde insiste, Chloé se réfugie dans le silence. Impossible de lui soutirer le moindre mot.

Désormais, Mathilde en est sûre, sa fille, sa petite fille, son trésor le plus précieux, est devenue la victime d'un prédateur.

12 h 30, M. Rigaud sonne chez Étienne.

— J'arrive !

Armé de sa canne, le Vieux va ouvrir la porte.

— C'est gentil d'être passé.

— C'est normal, monsieur Rivet !

Le gérant de la supérette pose tout sur la table de la cuisine.

— Les farcis, vous les mettez quinze minutes au four et c'est prêt !

— Très bien.

Étienne sort son chéquier.

— Ça fait 32 euros, annonce M. Rigaud.

D'une écriture hésitante, Étienne commence à remplir le chèque.

— Pas de biscuits au chocolat, aujourd'hui ? plaisante le commerçant. Pas de Coca non plus ?

Rivet le considère avec étonnement.

— Pourquoi vous dites ça ?

— Parce que ces derniers temps, vous m'en prenez à chaque fois !

— Vous devez faire erreur, rectifie le veuf en lui tendant le chèque. Je n'ai pas le droit de manger du chocolat et je déteste le Coca !

— Ah bon ? Mais…

M. Rigaud se tait, soudain mal à l'aise.

— Je dois confondre, dit-il finalement.

— Je vous raccompagne, fait Étienne en se levant à nouveau.

— Ne vous donnez pas cette peine, monsieur Rivet. Je connais le chemin. Bon week-end !

Il disparaît et Étienne regarde longtemps la porte, appuyé sur sa canne.

Oh non, il ne confond pas.

C'est donc pour ça que le budget courses a augmenté ces dernières semaines.

Parce que Mlle Mathilde s'est servie.

Parce qu'elle a trahi sa confiance.

Parce que c'est une voleuse, et rien d'autre.

M. Rivet s'approche de la fenêtre et regarde la rue qui grouille de monde.

Une voleuse, rien d'autre.

Et le vol, c'est puni par la loi.

***

Dimanche

10 heures, Mathilde presse Chloé de ranger ses affaires. Il va falloir libérer la chambre. Son portable sonne, c'est M. Habib, son patron. Elle songe qu'il appelle au sujet de Rosetta mais il n'en dit pas un mot. Il a un appartement à lui faire visiter dès lundi. Mathilde raccroche, un sourire sur les lèvres.

L'espoir, enfin.

Peu importe à quoi ressemble cet appartement, peu importe où il est situé : Mathilde le prendra. Parce que Chloé ne doit pas continuer à vivre avec Matthias et Pauline.

— Je visite un appartement demain ! annonce-t-elle. Et si tout va bien, on s'y installe dès mardi !

— C'est vrai ?

Mathilde serre sa fille dans ses bras.

— En attendant, tu peux défaire ta valise : on va rester à l'hôtel.

***

Lundi

7 h 30, Mathilde et M. Habib sortent des locaux de Gaymard recouvrement.

— Vous me suivez ?

— Oui, acquiesce-t-elle en se mettant au volant de la Peugeot.

Elle démarre et se colle derrière l'utilitaire siglé au nom de la société HNet. Embouteillages monstres, Mathilde observe la vie autour d'elle.

Appuyée à la rambarde d'un pont, Rosetta admire le fleuve.

Assise sur un banc, elle profite d'un soleil lui aussi imaginaire.

Sur le trottoir, elle marche d'un pas pressé.

Sous l'abri, elle attend le bus.

Partout, Rosetta est partout.

Mathilde ferme les yeux. Quand elle les rouvre, l'utilitaire du patron est déjà loin, des coups de klaxon fusent. Mathilde appuie sur l'accélérateur pour rattraper son retard.

8 h 32, l'utilitaire se gare dans une rue longue et sale. Mathilde trouve une place non loin de là et rejoint son patron. Elle le suit jusqu'à un immeuble sans âge, à la façade sombre et dégradée. Une cour intérieure, des poubelles, une jardinière qui sert de cimetière à quelques plantes sauvages, une porte qui ferme mal, un escalier étroit et dangereux, un palier avec des airs de coupe-gorge.

Bienvenue dans ton nouveau chez-toi, Mathilde.

M. Habib insère la clef dans la serrure.

Tu n'as pas le choix, tu dois prendre cet appartement, ma vieille.

— Les locataires sont partis ce week-end en catastrophe, annonce Habib en ouvrant la porte. Alors c'est pas du tout nickel, je vous préviens. Va falloir faire le ménage ! Mais ça, vous savez faire, hein ?

Il a un rire gras, qui résonne drôlement dans l'appartement vide.

— C'est pas grave, murmure Mathilde.

Elle découvre le trois-pièces, sinistre à souhait. Une petite cuisine en forme de couloir, une salle à manger de douze mètres carrés, deux chambres minuscules, une salle de bains qui l'est encore davantage. Partout, il reste des affaires, comme si les gens qui vivaient ici avaient été expulsés sans avoir eu le temps de récupérer ce qui leur appartenait.

Par contre, tout est propre.

Dans une des chambres, le regard de Mathilde est attiré par un objet tombé au sol. Elle ramasse la perle de bois qui a roulé dans un coin. Elle la place dans le creux de sa main et l'observe de longues secondes.

Ce n'est pas une perle.

C'est une graine.

Une de celles qui composaient le collier de Rosetta.

9 h 15, Mathilde est au volant de sa voiture, stationnée non loin de l'immeuble où habite M. Rivet. Les mâchoires serrées, submergée de colère, de tristesse, les yeux brouillés de larmes acides.

Ce salaud a foutu Rosetta et toute sa famille à la rue. Parce qu'elle a refusé de coucher avec lui.

Ayant échoué à protéger les siens, Rosetta a préféré la mort à la honte.

Mathilde frappe rageusement le volant.

Sous le regard ébahi de son patron, elle s'est sauvée de l'appartement en courant. Dans la cour de l'immeuble, elle s'est arrêtée, à bout de souffle. Elle ne pouvait pas accepter de vivre là. Mais que va-t-elle dire à Chloé ?

Elle consulte la pendule du tableau de bord. Elle est en retard, Rivet va encore gueuler. Elle sèche ses larmes et quitte la voiture. D'un pas lent, elle monte jusqu'à son appartement et sonne avant d'entrer.

— Bonjour, monsieur Rivet, dit-elle en accrochant son manteau à la patère du vestibule.

— Bonjour, mademoiselle Mathilde.

Elle sort sa blouse et la pose sur une chaise.

— Vous voulez que j'aille faire les courses ? propose-t-elle.

— Pas tout de suite, répond Étienne.

Il prend sa canne et se lève.

— Suivez-moi, ordonne-t-il.

Il s'engage dans le couloir et s'arrête devant une porte. Cette pièce, Mathilde n'y entre que rarement. Deux ou trois fois par an pour faire la poussière. Elle l'appelle *le sanctuaire*.

Ici, c'était la chambre d'Odette, l'endroit où elle est morte par un matin d'hiver. Ici, rien n'a bougé. Ses vêtements sont encore dans l'armoire, ses bijoux dans une petite boîte en bois, ses livres préférés sur une étagère.

Le Vieux pousse la porte et allume la lumière.

— Venez, dit-il.

Mathilde entre à son tour et reste interdite quelques secondes. Le papier peint défraîchi a été remplacé par de la peinture blanche. Un lit mezzanine avec un bureau en dessous a été installé près de la fenêtre, tandis que le grand lit a été poussé de l'autre côté de la chambre spacieuse. Les deux sont séparés par un joli paravent orné de grosses fleurs. L'armoire a été vidée, les rideaux changés.

— En attendant mieux, dit Rivet.

Mathilde fronce les sourcils.

— Qu'est-ce que vous voulez dire ?

Étienne sourit.

— Vous pouvez habiter ici avec votre fille, précise-t-il. La chambre donne sur un petit cabinet de toilette et des WC.

Mathilde ouvre la bouche, mais aucun mot ne franchit ses lèvres.

— Autant de temps que vous voudrez. Il y aura juste quelques règles à respecter. Pour le loyer, ce sera les heures que vous faites déjà ici.

Il retourne dans le salon, Mathilde demeure un moment dans la chambre. Abasourdie.

Puis elle le rejoint enfin et se plante face à lui.

— Monsieur Rivet, je ne sais pas quoi dire…

— Alors ne dites rien.

— Comment vous avez réussi à…

— J'ai appelé des amis, ils m'ont aidé à tout aménager le temps du week-end. C'est pas mal, n'est-ce pas ?

— C'est… incroyable. Mais je ne peux pas accepter !

— Allons, mademoiselle Mathilde ! Ne dites pas n'importe quoi, je vous en prie. Bien sûr que si, vous pouvez. Vous *allez* accepter.

Elle tourne la tête, essayant de retenir de nouvelles larmes.

— Merci, murmure-t-elle.

— De rien, mon petit. Et puis comme ça, vous cesserez de me piquer du fric en faisant les courses.

***

Un mois plus tard

Jeudi

4 h 30, Mathilde se lève et passe dans la cuisine. Étienne dort encore, Chloé aussi.

Elle prépare du thé qu'elle verse ensuite dans un thermos. Elle prend une douche rapide, s'habille et quitte l'appartement. Chaque matin, désormais, elle apprécie ces gestes simples.

Le printemps sera bientôt là, les températures se sont légèrement radoucies. Mais à cette heure matinale, il fait encore froid.

La semaine passée, il a fallu changer la batterie de la Peugeot, une dépense imprévue qui a grevé le budget mensuel. D'ailleurs, Mathilde prend de plus en plus les transports en commun, lorsque les horaires sont compatibles avec ceux de son travail à HNet.

Quand elle arrive devant le bâtiment, Aïcha et les deux nouvelles attendent devant la porte. Comme chaque matin, Mathilde désactive l'alarme. Elle offre un gobelet de thé à ses collègues puis elles s'éparpillent dans le bâtiment, telles des fourmis disciplinées.

Vers 6 h 30, Habib débarque pour vérifier que ses fidèles ouvrières sont à la tâche. Ces derniers temps, il passe presque tous les jours. Mathilde a compris qu'une des nouvelles l'intéresse. Elle s'appelle Dina, elle est jeune et vient d'Afrique, comme Rosetta. Elle est en première année de droit, et HNet lui permet de financer une partie de ses études. Pour le moment, elle n'a pas cédé aux avances de son patron et n'en a pas l'intention. En riant, elle assure que s'il s'approche trop près, elle lui jettera un sort qui le rendra aveugle, sourd et impuissant.

À 7 heures, Mathilde se sert un thé et en propose un à Habib.

— C'est du thé vert, c'est bon pour la santé, dit-elle avec un sourire.

Il oublie de la remercier et avale le contenu de son gobelet en fixant Dina.

— Tu ne m'as toujours pas expliqué pourquoi tu t'es sauvée de l'appartement comme ça ! balance-t-il.

— Si, je vous ai dit que ça m'avait rappelé un mauvais souvenir, un truc d'enfance... Et je me suis excusée de cette réaction bizarre !

— Hmm...

Il n'a pas l'air convaincu, mais peu importe. Mathilde rejoint sa jeune collègue qui est en train de faire briller les vitres du couloir.

— Pourquoi tu lui offres du thé, à ce porc ? lui reproche Dina dans un murmure.

— Parce que j'ai besoin de ce travail, répond Mathilde.

— Tu n'es pas une serpillière, merde ! Aïcha m'a dit qu'une fille s'était pendue à cause de lui, c'est vrai ?

— On ignore pourquoi elle s'est pendue, rétorque Mathilde d'un ton sec. Remets-toi au travail, maintenant.

À midi, Mathilde rejoint la cantine où elle attend toujours qu'on lui propose un vrai contrat. Saoulée par les cris des gamins, elle termine la plonge puis regagne le petit vestiaire pour se changer à nouveau. Dans le minuscule miroir des toilettes, elle tente de se recoiffer du mieux possible et met un peu de mascara sur ses cils.

Elle reprend ensuite sa voiture et traverse la ville en direction du local des Restos. Avec Antoine, il lui semble que les choses évoluent dans le bon sens.

Lentement, mais sûrement. La semaine dernière, ils ont encore bu un café ensemble, ont parlé un bon moment à l'extérieur du bâtiment. Il lui a même touché le bras. Mathilde a bien noté les jours et les horaires où il est présent et elle a modifié les siens pour être sûre de ne pas le manquer.

Arrivée sur place, elle se recoiffe une dernière fois devant le rétroviseur puis récupère son panier dans le coffre. À peine entrée, elle le cherche du regard. Antoine n'est pas là. Elle remplit son panier, la gorge serrée, espérant le voir sortir de la petite réserve qui jouxte le « magasin ». Mais elle a beau prendre son temps, Antoine n'apparaît pas.

Mathilde demande de ses nouvelles à une bénévole qui la considère avec un sourire en coin.

— Il est parti en voyage de noces, Antoine ! balance-t-elle.

Mathilde manque de lâcher ses précieuses provisions.

— Il s'est fait passer la corde au cou ! ajoute la quinquagénaire.

— Tant mieux pour lui, répond Mathilde en essayant de sourire à son tour.

Elle retourne dans sa voiture, penche la tête en arrière et ferme les yeux.

Merde… Comment j'ai pu croire que… être aussi stupide ?

Elle traîne un peu, jusqu'à ce que la sonnerie retentisse dans la cour de l'école primaire. Chloé embrasse ses copines avant de rejoindre sa mère dans la voiture. Elle et M. Rivet s'entendent à merveille. On dirait même que le Vieux a rajeuni depuis que Mathilde et sa fille se sont installées dans son appartement.

Chloé raconte sa journée d'école, une dispute avec une de ses amies, les railleries d'un garçon, un compliment de l'institutrice.

Mathilde pense à Antoine, ce rêve envolé avant même d'avoir pu exister.

Cette chimère ridicule.

22 h 30, Mathilde gare la Peugeot sur le parking. Aussitôt, Marius et Bertrand la rejoignent. Elle leur a apporté du café chaud dans son fidèle thermos. Elle a aussi pris des biscuits aux Restos, qu'elle partage avec eux.

Même si elle ne dort plus dans la rue, Mathilde passe les voir deux ou trois fois par semaine.

Parce qu'elle ne peut les oublier.

Parce qu'on n'oublie pas sa famille.

***

Dix-huit jours plus tard

Lundi

Les filles entrent dans le bâtiment, Mathilde en tête. Elles se changent au rez-de-chaussée, dans le petit local qui leur est réservé.

— Tu as du thé ? demande Aïcha.

— Non, je n'ai pas eu le temps d'en préparer ce matin, répond Mathilde. Allez, au boulot !

— Ouais… T'inquiète, M. Habib sera content ! balance Dina.

Mathilde la regarde de travers, puis attrape son chariot et s'élance dans le couloir. Vers 6 h 45, Habib entre dans le bâtiment. Il monte directement au premier et parle longuement à Dina qui ne fait même pas semblant de l'écouter, puis il rejoint Mathilde, seule au rez-de-chaussée.

— Bonjour, monsieur Habib. Ça tombe bien que vous soyez là, j'ai un papier à vous faire signer.

— Quoi encore ?

Elle se dirige vers le local de nettoyage, il lui emboîte le pas. Une fois dans le réduit, elle sort un papier de son sac.

— C'est pour la Caf, dit-elle en lui tendant la feuille.

Il se pose sur un coin d'étagère et signe le papier sans même le lire.

— Vous voulez du thé ?

— Pourquoi pas !

Mathilde extirpe le thermos de son sac et remplit un gobelet.

— C'est bon pour la santé, monsieur Habib !

Tandis qu'il savoure son breuvage, Mathilde le dévisage avec un sourire crispé.

— Fameux ! dit Habib en froissant le gobelet.

— Alors, ce voyage en Afrique, c'était bien ?

— Ah oui, génial ! lance-t-il.

Habib est parti une semaine en Tanzanie pour un safari. Il raconte qu'il aurait bien voulu chasser le lion, mais qu'il n'avait pas les moyens de s'offrir ce genre de trophée. Il s'est donc contenté d'une antilope.

— C'est déjà pas mal, commente Mathilde en masquant son dégoût. Mais moi, je n'y serais pas allée.

— Et pourquoi ça ?

— Parce qu'on peut attraper tout un tas de maladies, là-bas !

— Ouais… Allez, je file, j'ai un client à voir.

— À demain, monsieur Habib.

Il est 10 heures quand Mathilde pénètre dans le cimetière. Lorsque Rosetta a été inhumée dans le carré des indigents, il y avait sa mère et ses sœurs. Seule la plus jeune a pleuré, les autres femmes sont restées stoïques.

Elles semblaient seulement en colère.

Après les obsèques, Mathilde est allée les voir. Elles lui ont raconté comment Habib les avait expulsées de l'appartement *manu militari*. Comment, la veille du suicide, il avait dit à Rosetta qu'elle était virée de son boulot et de son appartement parce que sa chef d'équipe la jugeait inefficace et voulait le logement.

Mathilde a du mal à retrouver la tombe de Rosetta au milieu de toutes ces pierres blanches et anonymes. Ici, pas de noms, pas de dates, aucun souvenir. Mais Mathilde a pris un point de repère et parvient enfin à la bonne sépulture. Elle dépose sur la pierre un petit bouquet d'œillets de toutes les couleurs.

— Salut, ma belle.

Debout, les mains jointes devant elle, Mathilde regarde l'horizon. On dirait qu'elle prie un dieu accessible, tombé de son piédestal. Dans la poche de son manteau, elle récupère la graine trouvée dans l'appartement et la pose juste à côté des fleurs.

— Je t'ai rapporté ça, dit-elle en souriant. Je crois que tu y tenais beaucoup…

Elle reprend sa place et ferme les yeux. Elle retourne quelques semaines en arrière, peu de temps avant le drame. La voix de Rosetta résonne dans sa tête, elle a l'impression que tout le monde peut l'entendre.

Pour faire ses colliers, ma grand-mère allait cueillir des graines de ricin, c'est un arbuste qu'on trouve partout, mais qui vient d'Afrique… Ces graines, elles sont jolies, mais si tu les manges, tu meurs ! On peut en extraire un poison mortel, la ricine… Ma grand-mère m'a raconté que, chez nous, des sorciers tuaient des gens avec… Et comme les symptômes de l'empoisonnement ressemblent à ceux d'autres maladies courantes en Afrique, ça passait souvent inaperçu…

Une demi-heure plus tard, Mathilde quitte le cimetière. À voix basse, elle chante.

— *No one can take it*
And feel no pain.

Avant de sortir, Mathilde se débarrasse du thermos dans le grand container plein de fleurs fanées.

Un jour, le tour de Matthias viendra.

UN MONDE PARFAIT

Un monde parfait est un film de Clint Eastwood sorti en salles en 1993.

Pas le jour idéal pour prendre la route.

Canicule, embouteillages, et képis en embuscade tous les vingt kilomètres.

Bison Futé avait vu noir, Axel voit rouge. En un quart d'heure, ils ont parcouru à peine deux cents mètres et sont encore loin du péage. Chaque fois que la voiture avance, il a l'impression que la barrière s'éloigne. Sans doute un effet d'optique...

Il tente de garder patience ; après tout, c'est pour la bonne cause.

— Heureusement qu'on a la bagnole de mes parents ! soupire Julie.

Axel rumine au volant de la Peugeot. Ils possèdent une vieille Clio sans climatisation, alors Pierre et Micheline leur ont prêté leur 508 flambant neuve.

Comme ça, Dylan ne risque pas un coup de chaud !

Une façon comme une autre de lui rappeler qu'il n'est même pas capable d'acheter une voiture digne de ce nom pour sa famille ! Cerise sur le gâteau, ils ont également financé leurs vacances en offrant à Julie un joli chèque à l'occasion de son anniversaire. Pour que Dylan, leur petit-fils, connaisse autre chose que l'appartement exigu, la cour de l'école ou l'aire de jeux du square.

Quand ils regardent Axel, Pierre et Micheline ont l'air de se demander pourquoi leur fille est tombée amoureuse d'un type comme lui. Malgré leurs sourires de façade, Axel sait bien ce qu'ils pensent. Même s'ils vont à la messe chaque dimanche, ils doivent espérer qu'elle demandera le divorce un jour prochain…

Dans un monde parfait, Axel n'aurait pas besoin de ses beaux-parents pour emmener son épouse et son fils en vacances. Mais Axel ne vit pas dans un monde parfait. Même au plus loin de ses rêves, il n'arrive jamais à en approcher la frontière.

— On est mieux dans celle-là ! insiste Julie.

— C'est sûr.

Dans son siège auto, Dylan s'agite, en proie à une envie pressante.

— Il faut qu'on s'arrête, dit Julie.

— On est *déjà* arrêtés, lui rappelle son mari avec un sourire caustique.

— À la prochaine aire, je veux dire…

— Faudrait déjà qu'on arrive au péage !

Julie lui caresse le bras.

— Reste cool, on part en vacances ! C'est une bonne chose, non ?

Axel hoche la tête et enclenche la première.

On part en vacances, oui. Avec un fric qui n'est pas à nous, dans une caisse qui ne nous appartient pas.

— De toute façon, je dois faire le plein, dit-il.

Une demi-heure plus tard, la 508 s'engage sur la bretelle d'accès à une aire d'autoroute qui promet du carburant, du café et des restaurants. Après avoir rempli le réservoir de la Peugeot, Axel cherche une place disponible parmi les centaines de voitures déjà stationnées. Il repère un homme qui s'apprête à reprendre la route, stoppe dans l'allée et actionne son clignotant. Il patiente, le temps que le conducteur boucle sa ceinture, mette le contact et recule. Tandis qu'Axel manœuvre en marche arrière, une Golf lui pique la place. Les deux véhicules manquent de se télescoper mais l'importun passe en force.

Julie devient blême.

— Ne t'énerve pas, mon amour.

Axel fixe avec fureur le conducteur, ses mains se crispent sur le cuir du volant. Dans la Golf, trois jeunes gens, trois copains d'une vingtaine d'années.

— Reste calme, je t'en prie, supplie encore Julie.

Les types passent à côté de lui en lui décochant un sourire narquois.

— C'est bon, murmure Axel. C'est bon, t'inquiète…

— Rien que des petits cons ! ajoute son épouse.

Axel finit par trouver une place tout au bout du parking. Il détache Dylan et tous trois se dirigent vers le bâtiment central sous un soleil de plomb. À l'intérieur, la foule des grands jours. Le snack et la cafétéria sont pris d'assaut, les gosses courent partout, il y a une longue file d'attente devant les toilettes pour dames.

Tandis que Julie s'occupe de Dylan, Axel prend un café à la machine et ressort, son gobelet à la main. À dix mètres de lui, en train de boire une bière, de fumer et de rire, les trois types de la Golf. Axel allume une cigarette à son tour et tourne la tête.

Surtout, se maîtriser. Garder son sang-froid.

Ne pas retourner là-bas.

Jamais.

Il l'a promis à Julie et Dylan.

Et une promesse, une parole, ça se respecte.

Axel écrase son mégot dans le cendrier, les jeunes le dévisagent. Ils le défient du regard et, même s'ils sont loin, Axel les entend le provoquer, comme s'il était soudain doté d'une ouïe surdéveloppée. La voix de l'un d'eux, étrangement distincte, arrive jusqu'à lui.

— T'as des couilles, mec, ou t'en n'as pas ?

Axel broie son gobelet et retourne à l'intérieur. Il retrouve son fils et sa femme devant les distributeurs de boissons.

— Tu veux manger au snack ? demande Julie. Ou alors, on achète de quoi faire des sandwichs et on se trouve une table dehors !

— Va pour les sandwichs, choisit Axel. On sera mieux à l'extérieur.

Tout ce bruit, toute cette foule… Il a du mal, aujourd'hui encore.

La petite famille se faufile dans les rayons de la boutique, prend une grande bouteille d'eau fraîche et de quoi manger. Dylan gambade dans les allées, ayant visiblement besoin de se défouler. Tandis qu'ils patientent à la caisse, Julie consulte son téléphone et sourit.

— Ils viennent de m'envoyer l'adresse exacte de la maison ! lance-t-elle.

— Il serait temps, maugrée Axel.

— J'ai hâte qu'on y soit ! On va être bien là-bas.

— Vaudrait mieux, vu le mal qu'on se donne pour y arriver…

Julie se hisse sur la pointe des pieds et dépose un baiser sur la joue mal rasée de son mari.

— Allez, fais pas cette tête !

Il consent à lui sourire, la prend par la taille.

— J'espère que le lit est confortable, murmure-t-il à son oreille.

— Pourquoi pas la piscine ? répond-elle à voix basse. On n'a jamais essayé dans une piscine…

— Je ne sais pas nager, mais je suis prêt à risquer ma vie !

Elle se met à rire et l'embrasse à nouveau. Puis elle cherche Dylan du regard, le repère devant le présentoir à bonbons. Elle l'appelle d'une voix ferme, il la rejoint aussitôt.

Il y a encore deux personnes devant eux et Axel patiente en contemplant Julie. Il la trouve toujours aussi jolie, même si la grossesse a quelque peu modifié ses courbes. Elle n'est plus une jeune fille, est devenue une vraie femme.

Que serait-il sans elle ? Que deviendrait-il si elle le quittait ?

À cette idée, le sol s'ouvre sous ses pieds et Axel est aspiré par les enfers.

Avant de la connaître, il n'était pas grand-chose.

Sans elle, il ne serait plus rien.

Il est ramené sur la terre ferme par un rire qu'il a déjà entendu. Celui du conducteur de la Golf. Les trois types sont eux aussi dans la boutique et font suffisamment de bruit pour être sûrs qu'on les remarque. Ils bousculent une vieille dame qui leur barre l'accès aux alcools avant de s'aplatir en fausses excuses.

Tel un rayon X, le regard d'Axel les suit dans le moindre de leurs mouvements. Les bras chargés de bouteilles, les trois lascars se dirigent vers la caisse et se placent dans la file d'attente. Ils continuent leur show, apostrophant chaque fille qui passe à leur portée, se moquant sans vergogne d'un homme en fauteuil roulant.

— Hey, papy, ça roule ?

— Quels petits connards ! murmure Julie.

Leur tour arrive, elle cherche la carte bleue dans son sac. Elle met du temps à la trouver, s'excuse auprès de la caissière.

— Alors, la grosse, tu te magnes ?

Axel lâche la main de son fils et remonte la file d'attente. Une seconde plus tard, il se plante face aux trois types et s'adresse au conducteur de la Golf.

— C'est ma femme que tu viens d'insulter ?

Tous les regards convergent vers eux, Julie est pétrifiée près du comptoir.

— Ta femme ? Pourquoi, tu la trouves grosse, ta femme ?

Les deux autres éclatent de rire, Axel tente encore de se maîtriser.

— Va t'excuser, ordonne-t-il.

— Et pourquoi je ferais ça ?

— Va t'excuser, répète Axel en serrant les poings. Tout de suite.

— Eh, mec, t'es perché ou quoi ? Détends-toi, c'est de la caissière que je parlais !

Axel jette un œil vers l'hôtesse, une jeune femme qui doit peser moins de soixante kilos. À la seconde où il va frapper, Julie lui saisit le bras.

— Viens, dit-elle. Laisse tomber, ils n'en valent pas la peine.

— Il est grave nerveux, votre mari ! s'amuse le jeune homme.

— Faut lui filer des calmants ! renchérit un de ses copains.

— Calme-toi, répète Julie. Allez, viens…

Elle l'entraîne jusqu'à la caisse et compose le code secret d'une main tremblante.

— Les proprios de la maison nous souhaitent bonne route, dit Julie en lisant le texto qu'elle vient de recevoir. Et ils nous demandent à quelle heure on arrive… Je leur dis quoi ?

Axel hausse les épaules en allumant une cigarette.

— 18 heures. En étant optimistes !

Ils ont trouvé une table libre, à l'ombre d'un arbre triste, au milieu d'une pelouse moribonde, fleurie de papiers gras. Pendant que Julie prépare les sandwichs, Dylan s'installe sur les genoux de son père. Dans son petit sac à dos, l'enfant récupère un carnet à dessin et des feutres.

— Tu vas dessiner quoi ? l'interroge Axel.

— Nous !

Le petit garçon commence par la maison. Un grand rectangle avec plein de fenêtres carrées, toutes ornées de grilles noires et épaisses. À côté de l'immeuble, Dylan trace les formes maladroites d'un arbre. Un tronc et quelques branches tordues.

— Pourquoi il n'a pas de feuilles ? s'étonne son père.

— Il est mort, c'est pour ça !

Axel suit chaque geste, chaque trait, et voit naître sous la main gauche de son fils trois personnages hideux.

Leurs yeux immenses versent des larmes de sang, leurs bouches difformes semblent hurler.

— C'est nous, ça ? s'inquiète Axel.

— Oui ! assure Dylan avec un grand sourire.

— Pourquoi on pleure ?

— On est morts, c'est pour ça !

— À table ! lance soudain Julie.

Dylan prend le sandwich que lui tend sa mère et le dévore à pleines dents. Axel ne cesse de fixer le tableau effrayant réalisé par son fils.

— Pourquoi tu fais cette tête ? s'enquiert Julie.

— Il est étrange son dessin, non ?

Julie regarde l'œuvre de Dylan à son tour et éclate de rire.

— Tu ne devrais pas te marrer, blâme Axel. Ce n'est pas drôle !

— Mais si, c'est drôle ! rétorque son épouse en continuant à rire. C'est tellement drôle…

Ils ont mangé rapidement, sont prêts à reprendre la route. Assis sur le banc en bois, Dylan a déjà noirci plusieurs feuilles. Des barreaux, des grilles, des murs, des arbres morts, des personnages pleins de colère et de souffrance. Il n'utilise que deux feutres : le noir et le rouge, dédaignant les autres, malgré les conseils de son père.

Tu devrais faire un soleil dans le ciel, ou des nuages ! Tu pourrais mettre des fleurs et des papillons.

Hyperconcentré, Dylan ne l'écoute pas. Il ne semble même plus voir ce qui l'entoure.

— Je vais me chercher un café, dit soudain Axel.

— Fais vite, prie Julie. Il est temps qu'on reparte.

— Je me dépêche, promis.

Au pas de course, Axel rejoint le bâtiment qui s'est vidé de nombre de touristes. Il dépasse les machines à café, fonce vers les toilettes hommes, presque désertes.

La chance lui sourit, le hasard l'encourage.

Le conducteur de la Golf s'admire dans le miroir, se recoiffe, sans remarquer Axel qui s'est planqué derrière l'autre rangée de lavabos.

Axel, qui l'a discrètement observé pendant le repas et s'est précipité dès qu'il l'a vu prendre la direction du bâtiment.

Après s'être repassé la main dans les cheveux, la cible se dirige vers les cabines. Soudain, Axel se jette sur lui, le bâillonne d'une main, l'étrangle de l'autre avant de l'entraîner de force jusque dans les WC réservés aux handicapés.

Coup de tête, l'homme au polo blanc s'effondre. Axel tire le verrou puis se penche au-dessus de sa victime, saisit son crâne à deux mains pour le frapper contre le sol carrelé.

Une fois, deux fois, trois fois… Tant de fois.

Axel se relève et termine sa tâche à coups de pied dans les côtes, avant de lui asséner plusieurs coups de talon dans le visage.

Il entend craquer les os, éclater les chairs.

Le type ne bouge plus. Son visage est une bouillie sanglante qui n'a plus grand-chose d'humain. Une flaque écarlate s'élargit autour de son crâne.

Axel se penche à nouveau vers sa victime et lui sourit.

— Tu fais moins le malin, hein ? Personne n'insulte ma femme, murmure-t-il. Personne…

Il écoute attentivement les bruits alentour, attend que la voie soit libre avant d'escalader la cloison qui le sépare de la cabine contiguë. Il ouvre la porte et se dirige tranquillement vers les lavabos. Il se passe un peu d'eau froide sur la figure et lorsqu'il relève la tête, il distingue dans le miroir un visage épouvanté. Celui de Julie.

Il se retourne, elle a disparu.

Putain, j'ai des visions…

En quittant les sanitaires, il croise un vieil homme qui le dévisage avec horreur. Sa bouche reste fermée, pourtant Axel entend sa voix caverneuse lui adresser un jugement sans appel :

Tu n'es qu'un meurtrier, Axel. Tu ne la mérites pas…

Il accélère le pas. Tête baissée, il traverse le bâtiment en sens inverse. Tandis qu'il marche sur le parking, il a la désagréable impression que les regards convergent vers lui, qu'il est l'objet de toutes les attentions. L'impression que ces gens savent qui il est.

De quoi il est capable.

Il rejoint sa femme qui a installé Dylan dans le rehausseur et patiente en écoutant les infos.

— Tu en as mis du temps ! lui reproche-t-elle.

— Il y avait du monde aux machines, prétend Axel en démarrant la 508.

— Tu sais, chéri, je voulais te dire… Je suis fière de toi.

— Ah bon ? Et pourquoi ça ?

— Parce que tu as réussi à te maîtriser avec les mecs de la Golf.

Axel lui rend son sourire avant d'ajouter :

— Je t'avais promis de changer. Et je tiens toujours mes promesses.

***

Axel n'aime pas ce type. Il ne saurait pas vraiment en expliquer la raison, mais sa tête ne lui revient pas. Il est sapé comme un prince, arbore au poignet une montre hors de prix et pourtant… Axel a l'impression que ses manières et sa façon de parler ne vont pas du tout avec sa tenue. Comme s'il avait emprunté les fringues, la montre et la maison d'un ami.

En arrivant, Axel et Julie ont découvert une magnifique demeure ancienne, grande bastide provençale en pierre nichée dans les arbres, comme isolée du monde. Ses larges fenêtres ornées de volets couleur lavande, son cadran solaire, la vigne vierge qui dévore la moitié de sa façade.

Les propriétaires les attendaient sur le perron, tels deux majordomes devant un palace.

Elle, c'est Mendy, plutôt jolie mais vulgaire, avec un regard insistant. Lui, c'est Paul, visage carré, barbe de trois jours parfaitement taillée, sourire parfaitement ajusté. Des yeux verts qui rappellent ceux d'un serpent. Vides de sentiment, dénués d'émotion.

Des yeux qui mettent Axel mal à l'aise.

Ils leur ont offert à boire sur l'immense terrasse qui entoure la piscine à débordement et ont immédiatement attaqué la conversation avec les questions d'usage.

Où habitez-vous ? Que faites-vous dans la vie ?

Tandis que Dylan continue à dessiner ses horreurs et qu'Axel scanne ses hôtes avec son regard perçant, Julie répond. Elle ment effrontément, comme si elle avait honte de dévoiler qui ils sont vraiment.

Elle n'est plus agent territorial au service communication, mais directrice de la communication pour la métropole. Axel aussi prend du galon : de simple déménageur, il devient gérant d'une société de déménagement et de transport. Il sourit en entendant cette énormité sortir de la bouche de son épouse mais ne lui en veut pas. Cette baraque est bien au-dessus de leurs moyens et il n'a pas envie de révéler que ce sont ses beaux-parents qui ont financé leurs vacances.

Malheureusement, Julie évoque son cadeau d'anniversaire.

— Vos parents sont adorables ! commente Mendy. Que font-ils dans la vie ?

Axel laisse échapper un soupir que personne ne semble remarquer. Il vient de conduire pendant neuf heures, n'a pas envie de subir cet interrogatoire en règle.

— Ils sont médecins, prétend Julie.

Axel se retient de rire. Julie invente souvent des histoires, travestissant la vérité. Du moment qu'elle ne le fait pas avec lui, il ne lui en tient pas rigueur.

— Très bien, dit Paul. Et vos parents, Axel ?

Mon père était une bête féroce qui a tué ma mère quand j'avais huit ans. Et moi, je sors de taule. Tu veux savoir autre chose, pauvre con ?

Tout en fixant Paul, Axel décide d'entrer dans le jeu de son épouse. Après tout, elle n'est pas la seule à avoir de l'imagination.

— Mon père est pilote de ligne et ma mère hôtesse de l'air.

Les propriétaires se rendent dans la cuisine pour chercher des amuse-gueules, Axel se penche vers sa femme.

— Ils vont nous lâcher, tu crois ?

— Mais oui, t'inquiète…

— Ils ne dorment pas dans notre chambre, j'espère ?

Julie se met à rire.

— Bien joué, le coup du pilote de ligne !

Leurs hôtes reviennent avec quelques toasts, une nouvelle carafe de jus de fruits.

— Au fait, dit Paul, il faudra bien surveiller votre fils. La piscine est entourée d'une barrière, comme vous pouvez le constater, mais…

— Nous ferons attention, promet Julie.

— Et il y a un autre danger, poursuit Paul. Venez voir !

Ils quittent leur chaise pour le suivre. Alors qu'ils longent la piscine, Axel s'immobilise brusquement. Une forme au fond de l'eau attire son regard.

Un corps.

Une femme aux cheveux châtains qui ressemble à son épouse. Il fronce les sourcils, gêné par le soleil rasant. Julie l'interpelle :

— Tu viens, Axel ?

La pompe de la piscine se déclenche, l'eau se met en mouvement, le corps disparaît.

— Axel ?

— J'arrive !

Maudites visions…

Il rejoint le propriétaire et Julie au bout de la terrasse et découvre qu'elle donne sur un vide d'une dizaine de mètres.

— Le mois prochain, un artisan viendra remettre un garde-corps, explique Paul. Mais en attendant, soyez très vigilants.

Après leur avoir fait visiter les lieux, Paul et Mendy se sont enfin éclipsés. Ils ne dorment pas dans leur chambre, non, mais pas très loin : dans la maison de gardien qui se dresse à l'entrée de la propriété, juste après le majestueux portail. Ce détail n'était pas mentionné dans l'annonce. Et il contrarie fortement Axel.

Toujours sur la terrasse, ils admirent le soleil couchant qui imprègne les collines d'une mystérieuse lumière.

— Je n'ai pas de réseau, dit soudain Julie.

Axel jette un œil à son portable :

— Moi non plus. Zone blanche ?

— Pourtant, les proprios nous ont envoyé des textos aujourd'hui, lui rappelle son épouse.

— Ils ne sont sans doute pas chez le même opérateur…

— Je voudrais rassurer mes parents, leur dire qu'on est bien arrivés.

Axel hausse les épaules en signe d'impuissance.

— On trouvera une solution demain. Et puis… nous ferons sans portable. Ça nous changera un peu !

— Je suis d'accord, acquiesce finalement Julie. On est trop esclaves de ces putains de téléphones !… Je vais préparer le repas de Dylan. Tu le surveilles pendant que je suis dans la cuisine, hein ?

Son mari lève les yeux au ciel.

— Évidemment…

***

Axel s'est allongé près de la piscine et admire les étoiles. Ici, loin de toute pollution lumineuse, la nuit peut dévoiler ses trésors intimes.

Julie s'installe tout contre lui.

— Dylan s'est endormi, murmure-t-elle.

— Regarde ce ciel.

— C'est magnifique… Magique.

Soudain, la voûte céleste disparaît, remplacée par un plafond bas et triste.

Absence d'horizon, absence d'espoir.

L'espace d'un instant, Axel retourne en cellule. Les murs et les grilles se referment sur lui, telles d'impitoyables mâchoires. Il se met à crier, mais Julie ne l'entend pas.

Normal puisqu'elle est restée près de la piscine.

— Je me suis toujours demandé si l'univers avait une fin, dit-elle soudain.

Axel sursaute. Revenu lui aussi près de l'eau cristalline.

— Quand j'étais môme, je me disais que l'univers avait une fin et ça m'angoissait car ça voulait dire que le néant existe… Parfois, au contraire, je me disais qu'il n'en avait pas et ça m'angoissait encore plus ! Cette idée d'infini…

Axel enlace sa femme.

— T'es bizarre, toi ! dit-il en souriant.

— Ouais… J'étais insomniaque, tout me faisait peur. La mort, la vie, les autres et l'absence des autres. J'avais peur de tout, tout le temps. C'est là que j'ai commencé à inventer des histoires, des mondes parallèles où les choses étaient moins inquiétantes… J'inventais un monde parfait.

Un monde d'utopies, de chimères et de mensonges, suppose Axel.

— Il ressemble à quoi, ton monde parfait ? interroge-t-il.

— Un monde où rien ne se fane, où rien ne meurt jamais. Ni les gens ni l'amour.

— Ce monde, il ne serait pas un peu trop… ennuyeux ? Si on vivait éternellement, si le danger n'existait pas, on ne pourrait pas apprécier ce que la vie nous offre, non ?

Julie reste dubitative tandis qu'Axel essaie de lutter contre la force invisible qui le ramène inlassablement entre les murs de sa cellule. Dans le ciel, les étoiles s'effacent avant de réapparaître.

— Par exemple, si tu ne connais pas l'enfermement, tu ne peux pas aimer la liberté.

— Peut-être, admet-elle.

— Et aujourd'hui ? s'inquiète Axel. Tu as toujours ces angoisses, toujours peur ?

— Non, depuis que je t'ai rencontré, je suis guérie.

Il resserre son étreinte.

— Enfin presque… Il n'y a que pour toi et notre fils que je continue d'avoir peur. Peur qu'il vous arrive quelque chose. Et puis… J'ai peur du moment où je perdrai Dylan.

— Comment ça ?

— Un jour, il s'éloignera de moi. Il partira.

— C'est normal, non ?

— Sans doute, mais ça m'angoisse.

— Tu souffres encore d'insomnies ?

— J'en ai eu lorsque tu… tu étais en prison. Mais maintenant, c'est fini.

Ils gardent le silence un instant, puis Julie fixe son homme droit dans les yeux.

— C'est fini, n'est-ce pas, mon amour ?

Il repense au type de la Golf et son cœur se serre jusqu'à s'arrêter de battre une seconde. Il entend déjà les sirènes des voitures de flics, les pas lourds de ceux qui viendront le chercher.

Parce qu'ils viendront forcément le chercher.

Non, tu as fait ce qu'il fallait, ils ne te retrouveront pas ! prétend une petite voix intérieure.

— C'est fini, n'est-ce pas, mon amour ? répète Julie.

— Oui, je te le promets.

Non, ce n'est pas fini et ça ne le sera jamais. Comment se débarrasser de cette colère qui vit en son sein ? Cette violence, capable de jaillir n'importe quand, à l'encontre de n'importe qui ?

Comment contrôler ses émotions, domestiquer la bête qui sommeille en lui ?

Ils montent dans la grande suite parentale en se tenant par la main. Ils ont fait l'amour au bord de la piscine, savent qu'ils vont recommencer dès qu'ils seront sous les draps. Ils jettent un œil dans la chambre où dort paisiblement Dylan, serrant son lapin en peluche contre lui.

— Merci de m'avoir donné ce trésor, murmure Axel à sa femme.

— Il te ressemble tellement !

Pourvu qu'il ne me ressemble pas trop, espère Axel en regardant son fils.

Il prend à nouveau la main de sa femme et l'emmène vers la chambre voisine. Ils se jettent sur le lit, arrachent leurs derniers vêtements, esclaves d'un désir fulgurant.

Comme si c'était la dernière fois.

Leur dernière nuit.

Des mains noires et avides tentent de saisir Axel pour l'emporter loin d'ici, loin de la femme qu'il aime. Les murs de la cellule sont autour du lit, prêts à fondre sur lui.

Axel se concentre sur Julie. Son point de repère, son guide, sa raison de vivre. Alors que le plaisir le submerge, il voit soudain les traits de sa femme se déformer.

Son visage fond comme sous l'effet d'un acide puissant.

Il ferme les yeux une seconde. Quand ses paupières s'ouvrent à nouveau, Julie a repris forme humaine.

Je suis en train de devenir fou.

Mais peut-être que je l'ai toujours été…

Quand Axel se réveille, il fait encore nuit. Il devine immédiatement que Julie n'est plus près de lui. Il allume la lampe et enfile son jean avant de se rendre dans la chambre d'à côté.

Dylan n'est pas dans son lit, son lapin en peluche traîne sur le sol.

Axel traverse le long couloir, descend l'imposant escalier. Il voudrait courir mais n'y parvient pas. Ses jambes sont ankylosées, son pas est aussi lent qu'incertain. Il inspecte les pièces du rez-de-chaussée, n'y trouve personne. Il pousse la lourde porte en bois, se retrouve à l'extérieur. Une lune gibbeuse éclaire son angoisse grandissante. En tournant la tête vers la droite, il l'aperçoit.

Tout au bout de la terrasse, les pieds au bord du vide.

— Julie !

Quand elle pivote doucement vers lui, il découvre qu'elle tient Dylan dans ses bras. Elle arbore un étrange sourire.

Le plus effrayant qu'il ait jamais vu.

— Julie ?

— Je ne veux pas être séparée de mon fils, dit-elle.

— Mais qu'est-ce que tu racontes ?

— Un jour, il me quittera… Je ne veux pas qu'il me quitte.

Elle se tourne à nouveau de l'autre côté.

— Julie !

Axel s'élance vers elle. Ses jambes continuent de le trahir, il s'effondre sur le sol.

Au moment où il se relève, Julie se jette dans le vide.

***

Axel ouvre les yeux dans un sursaut. Il les referme aussitôt, rassuré de s'être enfin évadé de son horrible cauchemar. Julie est assoupie près de lui, il peut entendre son souffle régulier, rassurant.

Il voudrait se rendormir, mais une sensation l'en empêche.

L'impression qu'il n'est pas seul avec sa femme.

Ses paupières se soulèvent à nouveau, les premières lueurs du jour se faufilent dans la chambre.

Axel aperçoit une masse près du lit. Une silhouette.

Ce n'est pas celle de son fils. C'est beaucoup plus grand. Sa respiration s'accélère, sa main cherche l'interrupteur de la lampe de chevet. La lumière lui révèle l'impensable.

Le canon d'une arme à feu pointée droit sur son visage.

Paul est en train de le braquer.

Axel tourne la tête vers Julie qui ne s'est même pas réveillée. De l'autre côté du lit, Mendy, armée elle aussi, attend qu'elle ouvre les yeux.

— Putain de merde…

Julie quitte enfin les bras de Morphée et pousse un hurlement strident.

— Putain de merde, répète Axel en se redressant.

— En effet, confirme Paul. Dans la merde, vous y êtes jusqu'au cou.

— Où est mon fils ? s'écrie Julie.

Les propriétaires échangent un regard complice et tardent à répondre. Finalement, c'est Paul qui prend la parole.

— Au fond de la piscine. On voulait voir s'il savait nager !

— Et visiblement, il ne savait pas ! ricane Mendy.

Souffle coupé, Axel et Julie restent immobiles. Puis elle réagit enfin et hurle une nouvelle fois. Elle repousse les draps, prête à bondir hors du lit.

— Bouge et je bute ton mari ! la prévient Paul en collant le pistolet sur le front d'Axel.

Julie se raidit instantanément.

— Maman ? appelle alors une petite voix inquiète.

— Dylan ! Reste dans ta chambre, maman arrive !

— Bon, si vous ne voulez pas que votre lardon finisse vraiment au fond de la piscine, vous allez être bien sages, enjoint le propriétaire. D'accord ?

Pendant que Paul les tenait en respect, Mendy les a ligotés l'un après l'autre. Ils sont désormais par terre, non loin du lit, pieds et poings liés par une cordelette en nylon. Axel porte un simple caleçon, Julie une nuisette en satin.

Dylan les appelle à nouveau, cette fois c'est son père qui répond :

— Bouge pas, mon poussin ! On va venir te chercher très vite…

Puis il tourne la tête vers les propriétaires.

— Qu'est-ce que vous voulez ?

Paul s'assoit en face d'eux et garde le silence, tandis que Mendy quitte la pièce. Ils l'entendent parler à Dylan puis elle apparaît sur le seuil de la chambre, leur fils dans les bras.

— Vas-y, emmène-le, ordonne son mari.

— Non ! s'écrie Julie. Ne le touchez pas !

— Du calme, sourit Paul. On ne va pas le tuer tout de suite...

Le sang d'Axel bout dans ses veines, l'impuissance et la peur lui broient la gorge. Paul attrape un petit ordinateur portable et l'ouvre sur le bureau de la chambre.

— Vos comptes sont dans quelle banque ?

— Caisse d'épargne ! balance aussitôt Julie.

Paul se connecte au site de l'établissement bancaire dans un silence pesant.

— Code d'accès, je vous prie...

— 052558322, murmure Julie.

— Mot de passe ?

Mendy revient dans la chambre.

— Où est mon fils ? s'alarme Julie.

— Il était chiant, il n'arrêtait pas de pleurnicher alors je l'ai enfermé dans le placard, répond nonchalamment la propriétaire.

— Mot de passe ? répète Paul en haussant le ton.

— 18012016, indique Julie.

— Parfait...

Axel échange un regard avec sa femme. Quand ils vont accéder à leur compte, l'ambiance risque de devenir électrique... Mendy, qui s'est approchée de l'écran, tourne vivement la tête vers les deux prisonniers.

— C'est quoi ce bordel ?

— 1 200 euros sur le compte commun, 913 euros sur le livret A, et 512 sur le livret d'épargne solidaire, commente Paul.

Il délaisse son ordinateur et s'approche du couple, pistolet dans la main droite.

— Il est où, le fric ? demande-t-il d'une voix glacée.

— C'est tout ce qu'on a, avoue Julie.

— Pardon ?

— C'est tout ce qu'on a.

Paul retourne l'arme et assène un violent coup de crosse sur le crâne d'Axel, qui bascule sur le côté.

— Il est où, le blé ? hurle Mendy.

— C'est tout ce qu'on a ! répète Julie dans un sanglot.

— Tu arrêtes de te foutre de notre gueule ?

Axel se redresse, du sang coule de son cuir chevelu jusque dans son cou. Une violente nausée retourne son estomac vide, il crache un peu de bile.

— Vous avez forcément du pognon dans une autre banque ! fulmine Mendy. C'est où ?

— On n'a que ça, intervient Axel. Prenez tout et rendez-nous notre fils. Prenez tout et laissez-nous partir… On ne dira rien aux flics.

Paul s'accroupit devant lui et esquisse un sourire crispé.

— Tu es trop généreux, mon pote ! Mais tu crois vraiment que je vais me contenter de 2 500 balles ? Tu crois que je suis un mendiant, c'est ça ?

— Prenez la voiture, propose Julie. La clef et les papiers sont dans mon sac à main ! Et j'ai aussi 500 euros en liquide !

— T'as raison, soupire Mendy, ils nous prennent pour des clochards.

— Et pour des cons, ajoute Paul. Vous voulez qu'on s'occupe de votre fils ? Il paraît que la mort par noyade est l'une des pires…

Le visage d'Axel se crispe, celui de Julie devient blême. Paul sort un cran d'arrêt de la poche arrière de son jean et détache les chevilles de ses prisonniers.

— Debout, ordonne-t-il. On va faire un tour.

Ils se relèvent, attendant les instructions.

— Avancez.

Le couloir, l'escalier, la salle à manger, la terrasse. Le jour se lève mais le soleil est encore derrière son paravent de collines. À l'angle de la maison, Mendy ouvre une vieille porte en bois et Paul les invite à passer devant. Un escalier descend vers ce qui semble être une cave. Axel est le premier à arriver en bas, suivi de près par Julie. Leurs hôtes ferment la marche.

Il s'agit bien d'un vaste sous-sol, à peine éclairé par quatre soupiraux. À droite, un grand établi et des outils parfaitement alignés contre le mur. Au fond, des bouteilles de vin poussiéreuses, sans doute de grands crus qui vieillissent doucement dans les entrailles de la maison. Sur la gauche, un frigidaire et deux gros congélateurs-coffres. Paul les pousse brutalement et le couple se retrouve à côté du premier congélateur. Mendy en soulève le couvercle.

— Je vous présente les vrais propriétaires de cette fabuleuse maison !

Julie perd connaissance et s'effondre sur elle-même, telle une poupée de chiffon. Hébété, Axel regarde les deux cadavres congelés. Un homme et une femme complètement nus, qui portent les traces d'affreux sévices. Des plaies et des hématomes sur tout le corps, un trou au milieu du front.

— Vous êtes tarés… Complètement tarés, nom de Dieu !

— Ils refusaient de nous dire où était le coffre, raconte Mendy. Alors on a commencé par torturer madame, puis monsieur et… finalement, il n'y avait pas de coffre ! pouffe-t-elle.

Elle prend la main de son complice avant d'ajouter :

— Mais on s'est bien marrés, hein, chéri ?

— Ouais, on s'est bien marrés.

Il ouvre le second congélateur et l'horreur continue.

— Eux, ce sont les locataires qui vous ont précédé, explique Paul. Une bonne affaire.

La nausée d'Axel revient en force. Trois corps. Un homme, une femme et une gamine qui devait avoir une dizaine d'années. Eux aussi ont subi l'indicible.

La petite fille a le visage plein de sang séché, ses yeux exorbités fixent Axel depuis l'au-delà.

— Les proprios nous ont rapporté pas loin de 50 000, continue Paul. Les Belges, c'était environ 30 000. Disons qu'il nous manquait encore 20 000 pour finir l'été en beauté !

— Mais je suis sûre qu'on va les avoir, nos 20 000, poursuit Mendy. Hein ?

Julie revient doucement à elle et Paul la remet debout sans ménagement. Il la pousse vers son mari et leur ordonne de remonter l'escalier.

Ils retournent à l'intérieur de la maison, s'arrêtent dans la salle à manger. Paul les force à se mettre à genoux sur le tapis du salon et s'assoit dans le canapé, juste en face de ses proies.

— Bon, on arrête de jouer. Il est où, le pognon ?

— Je vous l'ai dit : on n'a que ça, répète Axel.

— Va chercher le gosse, ordonne Paul à sa complice.

— On n'a pas d'argent ! gémit Julie. Je… J'ai menti, hier soir. J'ai dit n'importe quoi !

— Et la caisse ? éructe Mendy. Elle vaut au moins 40 000 balles, non ? Comment vous avez fait pour vous la payer ?

— C'est celle de mes parents. Ils nous l'ont prêtée. J'ai menti, je vous dis…

— Ça, c'est pas joli joli ! soupire Paul. Je suppose que tu as menti aussi sur tes vieux ? Ils ne sont pas médecins ?

Julie baisse les yeux, Paul tourne la tête vers Axel.

— Et ton paternel n'est pas pilote de ligne ?

Paul fait quelques pas puis se plante face à Mendy et dépose un baiser sur ses lèvres.

— Désolé, bébé, mauvaise pioche…

— Ouais, tu l'as dit !

Il se remet devant son ordinateur, crée un compte bénéficiaire.

— Voilà, dans soixante-douze heures, je pourrai virer votre fric sur mon compte, annonce-t-il.

— Qu'est-ce que tu veux qu'on fasse avec cette misère ? crache Mendy.

Paul hausse les épaules.

— Un bon resto ? propose-t-il. Ça te dirait, ma puce ?

Il revient vers ses victimes, arborant un sourire carnassier. Il caresse les cheveux de Julie, la tension artérielle d'Axel monte encore d'un cran.

— La touche pas, murmure-t-il entre ses dents.

Paul fait mine de ne rien avoir entendu et poursuit :

— C'est pas beau de mentir, chérie. Pas beau du tout…

Une larme coule sur la joue de la jeune femme, ses lèvres se mettent à trembler.

— Alors, puisque vous n'avez pas de blé, on va se débarrasser de vous. Mais d'abord, on va s'amuser un peu… Qu'est-ce que tu en penses, bébé ?

Les prunelles de Mendy brillent d'un désir indécent.

— Va chercher le môme.

Paul se rassoit dans le canapé et dévisage Julie de longues secondes.

Dans le cerveau d'Axel, une véritable tempête se déchaîne. Ces malades ne leur laisseront aucune chance, il doit trouver une solution. Mais que faire avec les deux mains liées ?

Sauver sa femme, son fils. Sauver les seules personnes au monde qui comptent pour lui.

Mendy revient, tirant Dylan par le bras.

— Je veux maman ! gémit-il.

— La voilà, ta mère !

En découvrant ses parents au milieu du tapis du salon, Dylan cesse de pleurnicher. Il se dégage de l'emprise de l'inconnue et court jusqu'à Julie. Il se jette à son cou comme s'il ne l'avait pas vue depuis des mois.

— Qu'est-ce qu'y a, maman ? demande-t-il en voyant ses larmes.

— C'est rien, mon cœur, ne t'en fais pas.

Les yeux de Dylan se plantent dans ceux de son père. Axel a l'impression d'y lire tous les reproches du monde.

— Ça va aller, mon fils, ne t'inquiète pas.

— Qu'elle est mignonne, cette *pauvre* petite famille ! plaisante Paul. Très touchante ! Allez, comme vous m'êtes sympathiques, je vais vous laisser le choix.

Il se lève pour la suite de son verdict et Mendy récupère Dylan. Elle l'assoit de force dans un fauteuil et verrouille sa poigne sur son épaule fragile.

— Axel, c'est toi qui vas décider, reprend Paul. Tu veux voir mourir qui en premier ? Ta charmante épouse ou ton adorable bambin ?

Julie éclate en sanglots, Axel manque de défaillir. Ce n'est pourtant pas le moment de perdre connaissance.

— Alors ? s'impatiente Paul. Tu préfères que je choisisse moi-même ?

— Je ne veux pas que ma femme voie mourir notre fils, répond Axel.

— Par contre, ça ne te dérange pas que ton môme regarde sa mère agoniser ? C'est ton choix, après tout ! Reste à décider comment on la tue… Chérie ?

Le visage de Mendy se fend d'un horrible rictus. Elle s'approche de son homme tout en fixant Julie qui continue de sangloter.

Axel serre les poings.

Viens plus près, salope. Viens plus près…

— De quoi as-tu envie ? demande Paul.

Julie relève la tête et contemple Dylan au travers de ses larmes.

— Pitié ! hurle-t-elle.

— Et si on la crucifiait ? propose soudain Mendy.

Paul la considère avec étonnement.

— Tu es sûre ?

— Oui, c'est ça que je veux, dit-elle en venant se coller à lui. On va la clouer sur une planche et la regarder mourir…

— Ça risque d'être long, objecte Paul.

— Plus c'est long, plus c'est bon ! Et puis comme ça, son apollon aura tout le temps de profiter du spectacle !

Elle approche son visage de celui de son amant.

— J'en ai très envie, murmure-t-elle. Et ensuite, on crèvera le gosse.

— Tes désirs sont des ordres…

Avec une prodigieuse agilité, Axel se relève d'un bond et fonce tête baissée devant lui en poussant un cri de rage. Aucun des deux bourreaux n'a le temps d'esquiver l'attaque, Axel les percute de plein fouet. Ils finissent tous les trois sur le tapis, Axel est le plus rapide à se remettre d'aplomb. Il envoie un violent coup de pied dans la tête de Paul tandis que Julie réagit à son tour. Avec le talon, elle pousse les armes le plus loin possible.

Mendy se jette sur Axel avec des hurlements hystériques. Il encaisse un certain nombre de coups, perd l'équilibre et mord violemment le parquet. Croc-en-jambe, Mendy s'écroule à nouveau. Sa tête heurte l'angle de la table basse, sa nuque se brise dans un bruit glaçant.

Une dernière fois, Axel se relève. Mendy ne représente plus de danger mais Paul est en train de revenir à lui. Axel pose son pied sur la gorge de l'homme et appuie de tout son poids jusqu'à lui écraser la trachée. À bout de forces, il vacille avant de tomber dans le canapé, près de sa victime qui cherche désespérément de l'oxygène.

Julie se précipite vers Dylan, tétanisé contre le mur. Les yeux exorbités, la bouche entrouverte, il fixe son père.

— Fouille les meubles, mon chéri, trouve-nous des ciseaux !

L'enfant ne réagit pas alors Axel prend le relais.

— Dylan, viens avec nous !

Il se dirige vers la cuisine, suivi par son fils et son épouse.

— Regarde dans le tiroir… Prends un couteau.

Dylan obéit. Il monte sur la pointe des pieds et récupère un couteau à beurre.

— Non, pas celui-là ! enrage son père. Celui qui est pointu !

Le petit garçon attrape un gros couteau de cuisine et Axel lui tourne le dos.

— Viens par là, ordonne-t-il. Essaie de couper la corde autour de mes poignets.

Son fils s'exécute maladroitement et la lame dérape, ouvrant la main d'Axel. Il retient un cri, Dylan se fige.

— Ce n'est pas grave, mon fils. Ça ne fait pas mal. Continue.

Au bout d'une minute, la corde cède enfin et Axel détache sa femme avant de repasser dans le salon. Il se penche au-dessus de Paul qui n'en finit pas d'agoniser. Des soubresauts agitent ses jambes, son visage est livide, ses lèvres violacées.

— Crève, saloperie…

D'un violent coup de pied au visage, Axel achève sa proie.

La voiture file à une vitesse hallucinante sur la petite route sinueuse. Les mains d'Axel ne cessent de trembler.

Virage après virage, s'éloigner de l'enfer, de la mort et du sang.

Un déluge s'abat sur eux, la visibilité est réduite. Ce matin, pourtant, le ciel était dégagé… Un orage soudain, aussi violent qu'imprévisible.

Sur le siège passager, Julie serre Dylan dans ses bras.

— Arrête-toi, supplie-t-elle. Arrête-toi, maintenant !

Axel lève le pied et gare la 508 sur le bord de la chaussée. Il demeure un moment pétrifié derrière le volant puis sort de la Peugeot et titube sur quelques mètres avant de tomber à genoux sur l'asphalte. Il hurle de longues secondes, tel un dément. Enfin, il rejoint sa femme et son fils et les serre dans ses bras, jusqu'à les étouffer.

Trois rescapés, sur une route déserte, qui pleurent à chaudes larmes, ayant encore du mal à croire qu'ils ont réussi à échapper à l'horreur.

— Si tu n'avais pas été là ! murmure Julie. Si tu n'avais pas été là…

— Je serai toujours là, mon amour.

***

Axel ouvre les yeux au moment où un éclair illumine la pièce plongée dans l'obscurité. Une seconde plus tard, le tonnerre fait trembler le ciel et les murs.

Malgré la pluie et le vent, Axel est en nage. Il quitte son lit et fait trois pas pour arriver jusqu'aux toilettes. Il soulage sa vessie puis se passe de l'eau froide sur le visage avant d'allumer une cigarette.

Par la fenêtre ouverte, au travers des barreaux, il contemple la nuit que l'orage déchire sans relâche. Depuis sa cellule, il aperçoit le mirador et les lumières artificielles.

Pas d'étoiles, ici. Même pas de ciel.

Rien que du béton, de l'acier et des drames.

Il écrase son mégot et se rallonge sur le lit du bas. Celui du haut est inoccupé depuis trois jours, son codétenu étant à l'infirmerie.

Axel ne parvient pas à se rendormir, comme s'il craignait de replonger dans l'affreux cauchemar qu'il vient d'endurer. Il a l'impression d'avoir été roué de coups toute la nuit.

Les images repassent en boucle sur les murs de la cellule exiguë : la maison dévorée par la vigne vierge, la piscine à débordement, les macabres dessins de Dylan, les macabres desseins de Paul et Mendy. Les cadavres dans le congélateur, les larmes de Julie…

Son saut dans le vide.

Tout cela paraissait tellement vrai, tellement tangible !

Il contemple sa main droite, s'attend à y voir la plaie laissée par le couteau de cuisine.

— Je suis complètement débile ! dit-il. C'est seulement un rêve, un putain de mauvais rêve…

Les heures passent entre silence et solitude, l'orage continuant de déverser des trombes d'eau sur la maison d'arrêt. Le jour finit par se lever et l'énorme bâtiment se réveille.

À 7 heures, comme tous les jours, la porte s'ouvre. Peu après, un maton entre dans la cellule.

— Bougez !

Montrer qu'on n'est pas mort, qu'on a survécu à la nuit.

— Bonjour, répond Axel.

— Bonjour, maugrée le gardien avant de passer à la geôle suivante.

Après avoir pris son petit déjeuner, Axel s'oblige à quelques exercices de musculation puis il prend sa douche. Incarcéré dans une prison moderne, il a la chance d'avoir une cellule équipée d'un lavabo, d'une douche et de WC.

Désormais, il attend la promenade du matin, d'autant que la pluie a enfin cessé.

Ça fait douze mois qu'il est enfermé ici. Douze mois qu'il tourne en rond, qu'il gâche sa vie et celle de sa famille.

Un an sans voir Dylan.

Julie préfère qu'il ne vienne pas aux parloirs, Axel est d'accord. Pour l'enfant, papa est parti en voyage, loin, très loin. Un long périple dont il reviendra bientôt.

Car dans six mois, Axel retrouvera sa liberté.

Trois ans de prison dont la moitié avec sursis pour coups et blessures volontaires.

Axel pense souvent à sa victime. Mais il a encore du mal à considérer l'homme qu'il a grièvement blessé comme une *victime*.

Il y pense avec colère, avec rage.

Colère contre lui, colère contre l'autre.

Il n'a pas frappé sans raison ; il a dérouillé un type qui avait insulté sa femme.

Parce qu'il est incapable de se dominer. Parce qu'il en a toujours été ainsi. Mais le juge n'a rien voulu savoir ou comprendre.

L'heure de la promenade arrive, Axel peut enfin revoir le ciel. Il reste seul dans son coin, n'ayant pas réussi à trouver un ami entre ces murs. Mais personne ne le cherche, personne ne le provoque. Sa carrure et ses muscles lui permettent d'avoir la paix.

Lorsqu'il remonte, il trouve son courrier. La porte se referme dans son dos et Axel s'assoit sur le lit. Une lettre de Julie !

Elle lui écrit deux à trois fois par mois et chacune de ses missives est un trésor précieux.

La lettre a été ouverte, profanée par un autre. Au début, ça le rendait fou ; maintenant Axel tente de faire comme s'il était le premier à lire les mots de son épouse. Comme s'ils restaient secrets aux yeux du monde.

Elle et lui.

Il décachette l'enveloppe blanche et découvre d'abord un dessin de Dylan. Couleurs vives, ciel bleu, soleil jaune. Des fleurs multicolores, des papillons aux ailes miniatures et aux corps démesurés. Pas de grilles aux fenêtres, pas de larmes de sang, Axel est rassuré. Il attrape son rouleau de scotch et affiche le dessin au mur, juste au-dessus de son lit. Puis il commence à lire la lettre écrite par Julie. Des mots simples et justes, pas un reproche, pas la moindre trace d'acrimonie. Seulement le manque et la tristesse.

Les petites aventures estivales de Dylan qui a passé quinze jours chez ses grands-parents maternels, le nouveau travail de Julie, les frasques de leur voisine de palier.

Axel attaque le dernier paragraphe de la page.

Mes parents m'ont filé du fric pour que j'emmène Dylan en vacances, pour qu'il voie la mer. Mais je n'ai rien trouvé de bien à louer près des plages, alors j'ai choisi une maison en Provence, non loin de la grande bleue…

Le rythme cardiaque d'Axel s'accélère, ses mains se crispent légèrement. Il passe à la deuxième page d'un geste vif.

C'est une très belle propriété et je sais que l'endroit plaira à Dylan. Il y a une piscine, je pourrai lui apprendre à nager. En plus, papa me prête sa voiture, je vais ressembler à une bourgeoise friquée ! Je t'ai imprimé une photo de la maison sur la dernière page, comme ça tu pourras nous imaginer dans ce petit coin de paradis !

Après une brève hésitation, Axel soulève la feuille et découvre la photo.

Coup de poing en pleine tête.

Une magnifique demeure ancienne, bastide provençale en pierre nichée dans les arbres. Avec ses fenêtres ornées de volets couleur lavande, son cadran solaire, la vigne vierge qui dévore la moitié de sa façade.

Axel cesse de respirer, les yeux rivés sur le cliché de cette maison maudite. Non, ce n'est pas possible. Il n'a pas pu...

Il se lève, fait quelques pas, reprend sa respiration.

— Sois pas si con, Axel ! murmure-t-il. Comment tu pourrais voir l'avenir... ?

Il lui est déjà arrivé de sentir les choses pendant qu'elles se déroulaient, comme s'il avait un sixième sens, mais jamais il n'a deviné ce que lui réservait le futur.

Il se rassoit, oublie la photo et reprend sa lecture.

Paul et Mendy, les propriétaires, semblent être des gens charmants, je suis sûre qu'ils nous accueilleront avec bienveillance.

Le souffle d'Axel s'assèche, son cœur cesse de battre. Mais il y a forcément un moyen, une solution ! Il va appeler le gardien, demander à téléphoner depuis la cabine, raconter son rêve à Julie, lui interdire d'aller là-bas...

Ses yeux continuent à suivre les lignes, chaque mot est un poignard qui s'enfonce profondément dans ses tripes.

Un monde parfait

Vu les délais postaux, nous aurons passé au moins une nuit là-bas quand tu liras cette lettre. Tu vas nous manquer, mon amour. Dans un monde parfait, tu aurais été là…

AU REVOIR LES ENFANTS

Au revoir les enfants est un film de Louis Malle sorti en salles en 1987.

Je pense souvent à mon jardin. Nous y avions planté des lilas, des roses et des saponaires. Entre l'érable du Japon et le céanothe, nous avions installé un banc où je m'asseyais il n'y a pas si longtemps encore. Les oiseaux venaient juste avant le jour pour rester jusqu'à la nuit.

C'était chez moi, chez nous, je m'en souviens.

Je pense souvent à ma jeunesse, à mes parents, à ma sœur et à mon frère. Je pense à Michel, aussi.

Et puis, je pense à mes enfants. Pas un jour ne se passe loin d'eux.

Ai-je fait suffisamment pour eux ?

Ai-je fait tout ce que je pouvais ?

Je me promène dans mon passé comme dans mon jardin. Je m'y promène au gré de mes envies, de mes victoires ou de mes regrets. Tout dépend de la couleur du ciel. Revivre ce qu'on a vécu, en y ajoutant des parenthèses imaginaires, des épisodes inventés.

Selon mon humeur, je gomme, je redessine, je réécris. J'éclaire ou j'assombris.

Parfois, je rature, je déchire. Je renie.

Ici, j'ai quelques photos qui ne me quittent pas. Parfois, j'ouvre les albums et je pars loin, très loin. Trop loin… Ces images rassurent ma mémoire fragile et m'enveloppent d'un manteau de nostalgie doux-amer. Hier, après avoir feuilleté un des albums, j'ai décidé d'écrire mes mémoires.

Simplement décrire ma mémoire.

Ouvrir les tiroirs, en sortir les images, les sons. Les joies et les douleurs.

Ce témoignage, si court et mal écrit sera-t-il, je le destine à ma nièce Aurélia. La seule personne dont je me sente vraiment proche, maintenant que ma sœur nous a quittés. Elle en fera ce qu'elle voudra. Peut-être s'en trouvera-t-elle émue ? Peut-être s'en trouvera-t-elle gênée ? Le remisera-t-elle dans un coin sans même le lire ?

Aurélia m'appelle une fois par semaine. Elle vit à Québec, une ville qui a l'air très jolie si j'en crois les photos qu'elle m'a envoyées l'été dernier. Un endroit où j'aurais aimé flâner, que j'aurais aimé connaître.

Trop tard, désormais.

Il me reste un cahier à spirale, un stylo et des souvenirs. Tellement de souvenirs… Avant de me lancer dans l'écriture de ma vie, il faut que je les rassemble, que je m'y plonge. Que je les affronte.

Je suis née au milieu des Années folles, avant la terrible crise de 29. Maman était couturière, papa ouvrier dans une grande usine. Il est mort à l'automne 1940, pendant la bataille de France, en essayant d'empêcher l'invasion du pays par les armées du Führer. Un parmi les dizaines de milliers de soldats tombés dès le début de la guerre et dont on parle peu. Comme pour refouler la honte de cette débâcle, de cette défaite.

Morts au front, enterrés dans nos mémoires.

En 1941, j'avais dix-sept ans et ne pouvais rester immobile et muette face à l'horreur nazie. Alors je suis entrée en résistance. Je fais partie de ces femmes qui ont combattu l'ennemi et son idéologie, qui ont risqué leur vie. Je trouvais ça normal. Qu'aurais-je pu faire d'autre ?

Je fais partie de ces femmes qui n'ont jamais reçu de médaille ou d'honneurs. Ces oubliées, ces silhouettes anonymes. On sait qu'elles étaient là, mais l'Histoire ne s'est souvenue ni de leurs noms ni de leurs actes.

Bien sûr, on se rappelle Lucie Aubrac, Marie-Claude Vaillant-Couturier, Danielle Casanova ou encore Germaine Tillion. Et c'est tant mieux.

Mais les autres ?

On se rappelle surtout les hommes. Peut-être parce que les femmes n'avaient pas le droit de vote à l'époque. Considérées comme des mineures, elles ne pouvaient même pas travailler sans l'autorisation de leur mari.

Quand j'y repense… ! Les choses ont bien changé. Mais ont-elles *suffisamment* changé ?

Maman lavait les bleus de travail de mon père dans une énorme lessiveuse. Nous n'avions pas l'eau courante dans la maison, encore moins l'eau chaude, et faisions notre toilette à l'évier de la cuisine.

J'ai vu le progrès changer nos vies, adoucir notre quotidien.

J'ai vu les congés payés, la pilule, la légalisation de l'avortement.

J'ai vu les voitures remplacer les chevaux et les vélos. J'ai vu Paris se rapprocher de Marseille, les avions passer le mur du son, les hommes aller sur la Lune.

J'ai vu mourir la variole et la rage, naître les greffes de cœur et de rein, le scanner et l'IRM.

La télévision, la radio.

J'ai vu tout ça…

Mais j'ai vu aussi l'eau se troubler et le ciel se voiler. J'ai oublié le goût et l'odeur de la terre, le rythme des saisons. J'ai vu disparaître les arbres et les espèces qui volent ou qui marchent. J'ai vu le niveau de la glace descendre, celui des océans monter, j'ai vu les déserts avancer.

Et surtout, j'ai vu revenir les ombres effrayantes du passé, les hommes perdre la mémoire, commettre les mêmes erreurs, encore et encore…

— Bonjour, madame Yvonne ! Comment ça va, ce matin ?

Elle, c'est Juliette. Une des aides-soignantes de l'étage. Je la supporte, même si elle n'a pas inventé l'eau tiède. Elle est grassouillette, assez jolie, plutôt serviable. Mais difficile d'avoir une conversation intéressante avec elle.

— Un peu fatiguée, mon petit.

— Ah bon ? Mais pourquoi ?

Je pourrais lui rappeler que j'ai quatre-vingt-seize ans, mais elle serait capable de me répondre que je suis en pleine forme !

— Sans doute un mauvais jour…

— Ça ira mieux demain ! assure Juliette avec un sourire niais.

Non, ça n'ira pas mieux demain, ça ne fera qu'empirer. Mais inutile de lui confier ça. Elle irait rapporter mes paroles à l'infirmière qui elle-même les répéterait au médecin. Ce cher docteur Hirtzel… Il nous visite une fois par semaine, tournée des popotes hebdomadaire pour vérifier l'état des troupes. Chaque mardi, il arpente à toute vitesse les couloirs de l'Ehpad pour ses consultations. On dirait qu'il court un triathlon.

Parfois, il ne fait que passer la tête à l'entrée de la chambre pour lancer un *Ça va, madame Machin ?* ou un *En forme, monsieur Truc ?*

Parfois, on n'a même pas le temps de répondre qu'il est déjà parti. Ce qui ne l'empêche pas d'encaisser une carte Vitale pour chacun d'entre nous à la sortie... Mais sa rapidité et son endurance méritent bien une récompense !

En tout cas, s'il apprend que je suis mélancolique ou déprimée, il essaiera de me faire avaler ses petites pilules colorées qui me feront dormir toute la journée. Il adore ça, Hirtzel. On dirait que ça soulage ses propres angoisses. Un petit anxiolytique par-ci, un petit antidépresseur par-là. Je préfère mes bonbons à la violette ou au miel et tant pis pour mon diabète.

— Je vous aide pour la toilette ? me propose Juliette.

Pourquoi s'acharne-t-elle à parler si fort ? J'ai beau lui répéter que je ne suis pas encore sourde, elle ne parvient pas à régler le volume de sa voix de crécelle et martyrise mes pauvres oreilles.

— Volontiers, dis-je dans un soupir.

Elle me tient le bras jusqu'à la salle de bains, m'aide à me dévêtir et à m'installer sur le tabouret de douche. Pour le reste, je tiens à me débrouiller seule.

À la mort de mon mari, je suis restée dans notre maison, notre jardin, baignant dans nos souvenirs et notre amour. Et puis, il y a six ans, j'ai fait une chute. Un accident stupide, plusieurs opérations, plus ou moins ratées, des douleurs à n'en plus finir que rien ne vient soulager. Des mois alitée à la clinique, à l'hôpital.

Des mois, encore, dans des maisons de rééducation ou de repos.

Finalement, j'ai perdu mon autonomie, comme ils disent. J'ai du mal à tenir debout, encore plus de mal à marcher sans aide.

Dans notre maison, il y avait des escaliers partout, alors je n'ai pas pu y rester. J'ai dû abandonner cet endroit que j'aimais tant. Où j'avais passé quarante-deux années de ma vie.

Abandonner mes oiseaux, mes saponaires, mon érable et mon céanothe.

Abandonner mes souvenirs, mes joies. Une vie près de celui que j'aimais et que j'aimerai toujours.

J'ai écouté les conseils de ma nièce et de mon docteur, j'ai mis la maison en location et je suis venue finir ma vie ici, en résidence médicalisée… J'ai une chambre spacieuse avec un petit balcon. Un lit, un chevet, une table, un fauteuil. Quelques cadres avec des photos, deux ou trois bibelots auxquels je tiens. J'ai aussi un placard dans lequel je range mes vêtements et une étagère remplie de livres.

Dans cette société de surconsommation, mon intérieur ressemble à la cellule d'un moine franciscain.

Je n'ai pas voulu la télévision car je la regarde très rarement et il y en a une dans la salle commune quand me vient l'envie de revoir un vieux film. Néanmoins, je suis reliée au monde grâce à la radio et aux journaux auxquels je suis abonnée.

Alors je sais que le danger est de retour dans notre pays.

Ce danger-là ne porte pas d'uniforme ni d'arme. On n'entend pas le bruit de ses bottes.

L'ennemi, invisible et silencieux, est déjà parmi nous.

Cette menace, nous ne l'avons pas vue venir. Mais j'ai l'impression que les menaces, nous ne les voyons jamais venir…

Oui, j'ai été une résistante. Oh, je n'ai pas fait grand-chose, en vérité ! J'ai commencé par distribuer tracts et journaux. Ensuite, je suis devenue agent de liaison. Sur ma vieille bicyclette, je jouais les facteurs. Les trains et les bus étant étroitement surveillés, mieux valait pédaler. Mon nom de guerre, c'était « Gloria ». Je trouvais ce prénom plus glamour que celui qu'avaient choisi mes parents ! Je transmettais les instructions des chefs de réseau aux différents agents. Il m'arrivait aussi de transporter des armes. Je ne saurais dire combien de kilomètres j'ai parcouru sur mon vélo… Des centaines, aucun doute. Parfois sur des routes enneigées, verglacées. Toujours avec la peur au ventre.

Puis, en 1942, j'ai rencontré un jeune homme qui avait vingt-cinq ans. Un vrai coup de foudre. Il s'appelait Michel, nous faisions partie du même réseau…

— Bonjour, madame Mercier !

Voici Rose, une autre aide-soignante de la résidence. La quarantaine, un peu serrée dans sa blouse, elle nous vient d'Afrique. Son accent et son sourire sont bien plus efficaces que la pharmacopée du docteur Hirtzel. Un jour, alors que je la remerciais de s'occuper si bien de nous, elle m'a répondu que dans son pays, il était normal de respecter les anciens et de prendre soin d'eux.

— Vous descendez au réfectoire ? me demande-t-elle. Je vous accompagne ?

Ici, on nous laisse le choix. On peut prendre les repas en chambre ou au restaurant.

— Qu'est-ce qu'il y a pour le déjeuner ?

— Médaillons de filet mignon sauce forestière et écrasé de pommes de terre, annonce-t-elle sur un ton théâtral.

— Ah… Présenté comme ça, ça fait moins radin que *porc patates* !

Rose part dans un grand éclat de rire. Cette femme me fait un bien fou.

Beaucoup de gens pensent qu'ici, la vie a déserté. C'est faux.

Ici, on vit. On parle, on réfléchit, on joue, on se souvient. On tombe parfois amoureux. Il arrive même qu'on s'engueule vertement. Et le dimanche après-midi, on écoute de la musique et ceux qui le peuvent encore s'offrent une valse ou un tango.

Il y a Madeleine, la doyenne de la résidence. Une ancienne chanteuse de cabaret qui aura cent deux ans dans quelques semaines. Avant chaque repas, elle entame *Les Feuilles mortes* dans un silence religieux. C'est devenu un rituel.

La vie sépare ceux qui s'aiment, tout doucement, sans faire de bruit…

J'aimerais parfois que Maddy change de disque, mais j'apprécie sa voix claire, toujours bien placée. Elle bat la mesure avec ses bras, dodeline de la tête, comme si elle allait s'extirper de son fauteuil et se mettre à danser.

Il y a Maurice, quatre-vingt-trois ans, qui s'occupe du jardin. Il taille les rosiers, plante des bégonias ou des pétunias. Il en pince pour Josette, de deux ans son aînée. Peine perdue, car Josette n'a d'yeux que pour Marcel.

Il y a Noëlle qui aime cuisiner. Alors, deux fois par semaine, une aide-soignante l'accompagne à la supérette pour qu'elle fasse ses emplettes et on lui laisse un petit bout de la cuisine où elle concocte des merveilles. Cannelés, cakes au citron ou aux olives, mille-feuilles à la framboise, saint-honoré…

Il y a aussi Raymond et son épouse, Léopoldine. Ils sont arrivés ici il y a trois ans, quand Léopoldine n'a plus reconnu ses propres enfants. Parfois, sa mémoire revient et ses yeux éteints brillent à nouveau d'une flamme fragile qui meurt au premier souffle. Hier soir, à table, elle a parlé de ses parents, sûre qu'ils allaient venir la voir très prochainement. Au regard de Raymond, elle a compris qu'ils étaient morts tous les deux. Elle est restée un moment silencieuse, puis nous a adressé un sourire gêné et a ajouté :

— Dommage, c'étaient des gens charmants, vous savez…

Avant, les vieux restaient au sein de leur famille. Ils pouvaient partager leur expérience, transmettre leur savoir, leurs regrets, leurs erreurs.

Maintenant, les vieux, on s'en débarrasse.

On les met à part, on les enferme dans des résidences pour seniors. On dresse des murs entre eux et les jeunes générations.

Mais ces murs protègent qui, finalement ?

Peut-être qu'on ne va pas assez vite pour ce monde impatient ? Peut-être qu'on ne souhaite pas nous voir ?

Voir ce qu'on va tous devenir…

La vision de nos corps abîmés, devenus prisons charnelles, les effraierait-elle ? L'habit ne fait pas le moine, et c'est dans nos têtes qu'il faudrait regarder.

Notre curiosité, notre humour, notre capacité à aimer, à détester, à nous révolter.

Bien sûr, ici comme partout, il y a des cons. Une proportion raisonnable, car on ne devient pas con en devenant vieux. En général, on attrape cette maladie indolore dans sa prime jeunesse.

J'ai demandé à Rose de m'imprimer deux citations sur du joli papier. Sommairement encadrées, elles égaient un peu les murs de ma chambre.

La première, c'est un proverbe africain :

Ce que le vieux voit couché, le jeune, même debout, ne peut l'apercevoir.

La seconde est une phrase écrite par Victor Hugo dans *Les Misérables* :

Quand la grâce se mêle aux rides, elle est adorable. Il y a on ne sait quelle aurore dans la vieillesse épanouie.

Louise, qui a dix ans de moins que moi, est devenue mon amie. Certaines après-midi, quand il ne fait pas trop froid, nous allons dans le parc et nous nous posons sur un banc pour regarder passer les heures. Nous médisons, nous méditons. Nous méprisons, nous admirons.

Nous parlons beaucoup de notre passé, rarement de notre avenir. C'est logique. À nos âges, l'avenir est une goutte d'eau au soleil.

Mais nous parlons du futur. Celui que nous ne verrons pas et qui nous fait parfois craindre le pire. Le climat qui se déglingue, le fanatisme religieux, le fascisme qui, partout en Europe, pointe à nouveau le bout de son museau répugnant.

Comme moi, Louise a été infirmière. C'est sans doute ce qui nous a rapprochées. Elle exerçait en libéral, moi à l'hôpital, mais nous avons beaucoup de points communs.

Ces jours-ci, nous évoquons souvent l'épidémie née en Chine et dont on nous assure qu'elle n'arrivera pas en France.

Foutaises.

— Encore une zoonose ! peste mon amie.

Louise adore employer des mots compliqués, précis, savants. Sûrement pour démontrer que sa mémoire est intacte.

— On n'a pas encore de certitude, lui dis-je.

— Mais si ! s'écrie-t-elle. Il faudrait laisser les animaux sauvages tranquilles pour qu'ils arrêtent de nous refiler leurs saloperies ! Je t'en foutrais, moi, de la soupe à la chauve-souris !

Elle s'énerve, se met à tousser. Moi qui lis la presse chaque jour, je crois qu'elle a raison. Il ne faut pas être Einstein pour comprendre ça, mais…

— Les hommes ont la mémoire courte et l'appétit féroce.

De retour dans ma chambre, face à mon cahier encore vierge, je replonge dans mes souvenirs. Mars 1942, je suis amoureuse de Michel. Il occupe toutes mes pensées, il guide chacun de mes actes, chacun de mes pas. Il rythme mes respirations et comble mes soupirs. Rapidement, il me propose de franchir un échelon supplémentaire dans la Résistance, d'endosser de nouvelles responsabilités, de nouvelles missions.

À partir du printemps, j'aide des enfants juifs à passer en Suisse. Un à deux convois par mois.

La mémoire me fait parfois défaut, pourtant je me souviens de chacun d'entre eux ou presque. Leurs visages, leurs larmes, leurs sourires. Leurs peurs et leurs espoirs.

Certains n'avaient que quelques mois, d'autres étaient déjà des adolescents. Et même si je ne les ai jamais revus, ils sont toujours près de moi…

— C'est l'heure du goûter ! lance Lucie en déboulant dans ma chambre.

De temps à autre, j'ai l'impression d'être non pas une enfant gâtée, mais une enfant gâteuse.

— Bonjour, ma chérie.

Elle me fait la bise et dépose une madeleine sur mon petit bureau, ainsi qu'un verre de jus de pomme.

Nous sommes arrivées ici le même jour et avons tout de suite sympathisé. On se comprend, elle et moi, malgré notre légère différence d'âge. À peine soixante-dix ans nous séparent. Sur l'échelle de l'humanité, ce n'est pas grand-chose !

— C'est quoi, ce cahier ? demande-t-elle.

— Je ne sais pas encore… J'ai envie d'écrire quelque chose.

Elle me dévisage, sourire malicieux.

— Tu veux écrire quoi ? Tes mémoires ?

Il y a trois mois, j'ai demandé à Lucie de me tutoyer. Ça me donne l'impression de rajeunir.

— Comment tu as deviné ?

— J'aimerais beaucoup les lire, me confie-t-elle.

Je hausse les épaules, un peu gênée.

— Ça sera sans doute passionnant, dit Lucie en quittant la pièce. À tout à l'heure !

— Qu'est-ce qu'on mange, ce soir ?

Elle se retourne, m'adresse un clin d'œil.

— Tu vas adorer… Endives au jambon !

Je fais une grimace, j'entends son rire après qu'elle a passé la porte.

Le 27 novembre 1942, j'ai accompagné mon neuvième convoi d'enfants en direction de la Suisse. Ils étaient quatre, trois garçons et une fille. Ils avaient entre quatorze mois et douze ans. Leurs familles, traquées par les nazis, les avaient confiés à notre réseau.

J'étais leur dernier espoir.

Ce fut mon dernier convoi…

***

J'ai lu ou entendu pas mal d'histoires de maltraitance dans les maisons de retraite. Les vieux, comme les enfants, sont des proies faciles.

À la résidence des Sapins-Blancs, nous avons la chance d'avoir un directeur sympathique, aux petits soins pour ses pensionnaires. M. Evrard rougit parfois lorsque je l'appelle *jeune homme* ou *mon p'tit gars*. Je me le permets vu que je pourrais être sa grand-mère. Il est le premier à m'avoir questionnée sur mon passé, à s'être intéressé à mon histoire. Il m'a posé tout un tas de questions auxquelles j'ai eu bien du mal à répondre. Son grand-père a été résistant, fusillé par les Allemands. Alors il est avide d'apprendre, de savoir. Mais moi, je n'ai jamais raconté, jamais témoigné. J'ignore pourquoi, d'ailleurs. Sans doute parce que je ne me sentais pas légitime dans ce rôle de conservatrice de la mémoire... Et d'autres ont accompli ce devoir bien mieux que je ne l'aurais fait.

Ici, la plupart des aides-soignantes sont bienveillantes. Bien sûr, il y a deux ou trois peaux de vache dans le lot, proportion tout à fait acceptable quand on connaît la nature humaine. Il y en a notamment une qui s'appelle Maryse. Entre nous, on la surnomme « Martyrise ». C'est moi qui lui ai trouvé ce joli surnom et je n'en suis pas peu fière !

Une vraie salope. Je n'aime pas employer ce genre de mots, mais je n'en vois pas d'autre pour la qualifier.

La nature ne l'a pas gâtée, mais ce n'est pas une raison pour se venger sur nous. Elle s'acharne particulièrement sur celles et ceux qui ne peuvent plus se défendre. Ceux qui n'ont plus de force, plus de mémoire. Ceux qui ne peuvent plus parler ou n'ont plus personne à qui parler. Ses cibles préférées vivent au deuxième étage. L'étage des alzheimers.

Eh oui, Martyrise s'acharne sur les plus vulnérables.

L'apanage des faibles.

Moqueries, remarques déplacées, brutalités verbales voire physiques… Tout le monde le sait mais *on manque de personnel.* Alors tout le monde fait avec.

Je n'ai pas peur d'elle. Sans doute parce qu'on craint moins ce qu'on connaît bien. Et des bourreaux, j'en ai connu. Parmi les pires que l'humanité a engendrés.

Si elle avait sévi à une autre époque, dans un autre contexte, Martyrise aurait joui de beaucoup plus de pouvoirs qu'elle n'en possède aujourd'hui. Plus de pouvoirs qu'elle n'en rêvera jamais.

Elle aurait fait des ravages…

Dès mon arrestation, j'ai été conduite au siège local de la Gestapo. Pieds et poings liés, j'ai passé une nuit dans une geôle immonde remplie de vermine et de peur. Une nuit où j'ai pleuré toutes les larmes de mon corps en songeant aux quatre enfants que je n'avais pas réussi à sauver.

Dans un coin de la cellule, une femme était recroquevillée. J'ai tenté d'échanger avec elle mais elle semblait avoir perdu la parole. Peut-être la raison. Elle tremblait, hagarde et défigurée.

Au petit matin, deux hommes ont sorti son cadavre de la cellule puis m'ont emmenée dans le bureau de l'officier.

Je n'oublierai jamais son visage, son regard, son sourire.

Ma terreur.

Quand on entre en résistance, on doit s'attendre à vivre ça un jour, on se croit prêt à affronter ce genre de situations.

Mais on n'est jamais préparé. Jamais.

Je me souviens de chaque détail. Mais vais-je arriver à écrire sur mon cahier ce que j'ai subi là-bas ? Ce que ce monstre et ses complices m'ont infligé ? Vais-je trouver les mots ?

Et puis, est-ce vraiment nécessaire ?

Peut-être simplement dire que, malgré la torture, je n'ai pas parlé. Je n'ai donné aucun de mes camarades de lutte.

Je n'ai dénoncé personne.

***

Ce matin, c'est une aide-soignante intérimaire qui déboule dans ma chambre. Ça arrive quelquefois. Elle me dit que Juliette est malade et qu'elle la remplace pour les deux semaines à venir. Elle me soutient jusqu'à la salle de bains, m'aide à me dévêtir et à m'asseoir sur le tabouret.

— Ça va aller, maintenant, lui dis-je.

— Vous êtes sûre ?

— Mais oui, je ne vais pas me noyer, ne vous en faites pas.

Elle me regarde de travers puis approche son nez de mon bras.

— C'est quoi, ce tatouage ? me demande-t-elle.

— C'est mon code de carte bleue. Je me le suis fait tatouer sur le bras, histoire de ne pas l'oublier.

Elle me dévisage d'un air bête, se doutant que je suis en train de lui raconter des balivernes.

Balivernes… Un mot que plus personne n'utilise de nos jours ! Dommage, je lui trouve un certain charme.

— D'accord, finit-elle par dire. Vous sonnez quand vous avez terminé ?

— C'est ça. À tout à l'heure, jeune fille.

Elle me laisse enfin tranquille et je fixe mon bras. Malgré les années, cette infamie ne s'est pas effacée. Et elle me suivra jusque dans mon cercueil…

Je n'étais plus qu'une ecchymose, un hématome, une plaie.

Une agonie.

Pourtant, j'ai continué à me taire. À protéger les autres membres du réseau, ainsi que ma mère, ma sœur et mon frère. Je n'ai rien dit, je n'ai révélé aucun nom, pas même le mien, et j'ai survécu. Je ne sais pas comment, mais je sais pourquoi : pour retrouver Michel.

Une nuit, j'ai été transférée par autocar dans un fort transformé en centre de rétention par les Allemands. Beaucoup de femmes y étaient emprisonnées, dont nombre de résistantes. J'étais dans un sale état lorsque je suis arrivée mais je me souviens des impacts de balle sur le mur de la cour centrale…

Il fait bon cette après-midi, alors Louise et moi sommes venues jusqu'à notre banc, celui qui est près d'un grand tilleul qui doit avoir mon âge. M. Evrard, qui passait par là, s'est proposé pour pousser mon fauteuil roulant jusqu'ici. Je le remercie avant qu'il ne retourne dans son bureau.

— Ah, si j'avais quarante ans de moins ! soupire Louise en le regardant s'éloigner.

Elle devrait plutôt dire cinquante, mais j'évite de la reprendre.

— Il n'est pas terrible, dis-je.

— Ah si, moi je trouve que si !

— Il est bas du cul.

— Oui, mais il a un beau visage, insiste Louise.

Elle me parle de son mari, mort jeune dans un accident de la route. De son long veuvage, ponctué de quelques aventures sans lendemain.

Soudain, nous voyons arriver Antoinette Soulas, une résidente de l'étage alzheimer. En chemise de nuit et pantoufles, elle déambule dans le parc. Elle nous demande si nous avons vu Albert, son mari. Nous n'avons pas le cœur de lui rappeler qu'Albert mange les pissenlits par la racine depuis une décennie, que son fils l'a abandonnée ici il y a déjà deux ans et que, depuis, il n'est pas venu la voir dix fois. Comme nous feignons d'ignorer où se trouve Albert, Antoinette continue son chemin. Le parc de la résidence est parfaitement clôturé et un gardien surveille le portail. Il n'y a donc aucun risque qu'elle aille se perdre dans la rue.

— Elle s'est encore sauvée, constate Louise.

— Et après ? Elle aussi a le droit de prendre l'air.

— Il ne faudrait pas qu'elle se blesse !

— Elle tient bien sur ses jambes.

— C'est vrai… En général, c'est soit les jambes, soit la tête, soupire Louise.

— Toi, c'est ni l'un ni l'autre ! La nature est injuste…

Flattée, Louise se recoiffe. C'est vrai qu'elle est très bien conservée pour son âge. J'en serais presque jalouse.

Quelques instants plus tard, c'est Martyrise qui passe devant nous. Quand elle aperçoit Mme Soulas deux allées plus loin, elle se met à trottiner d'une façon ridicule. Elle rejoint la pensionnaire égarée et lui ordonne de regagner sa chambre. Mais Antoinette n'a pas envie de la suivre et crie qu'elle cherche son mari, qu'on la laisse tranquille. Au lieu d'user de diplomatie et de douceur, l'aide-soignante s'énerve, Antoinette se met à l'insulter.

Atterrées, nous assistons à la scène sans bouger. Jusqu'à ce que Martyrise devienne violente.

Là, juste sous nos yeux.

Elle attrape la brindille par le bras, la secoue comme un prunier. Lui hurle dans les oreilles que son mari est mort et enterré. Mme Soulas fond en larmes, je me lève sous le regard étonné de mon amie.

— Eh !

Martyrise tourne la tête vers moi.

— Lâchez-la immédiatement ou je vous dénonce sur-le-champ !

L'aide-soignante hésite.

— J'écris une lettre au procureur et à l'agence régionale de santé pour leur expliquer comment vous traitez les résidents les plus fragiles !

Jolie tirade malgré l'improvisation. Je suis assez fière de moi. Certes, je ne le ferai pas, car je sais que c'est M. Evrard qui prendrait, mais la menace fonctionne et Martyrise lâche sa proie tremblante. C'est alors que Rose arrive, sans doute alertée par mes cris. En douceur, elle se charge d'Antoinette et la ramène dans le bâtiment en lui promettant un chocolat chaud et des madeleines au beurre. En lui promettant aussi qu'elle y retrouvera Albert. Le mensonge a parfois des vertus.

Quand Martyrise passe près de moi, elle me fusille du regard et je lui réponds avec un sourire plein de morgue.

***

Le virus se répand désormais en Europe. Particulièrement chez nos voisins italiens. Mais, d'après notre ministre de la Santé, les supporters de foot sont immunisés. Nous voilà donc rassurées.

Louise est persuadée que Juliette a attrapé le Covid-19. Elle a sans doute raison et nous savons ce que cela signifie.

Ici, le personnel n'a pas de masques. Il paraît qu'ils vont arriver, c'est ce que promet le gouvernement. Mais il sera trop tard.

Il *est* déjà trop tard.

Il paraît aussi que porter un masque ne sert à rien quand on ne fait pas partie du personnel soignant. En tant qu'ancienne infirmière, je me demande qui a osé essayer de nous faire avaler une énormité pareille ! Lutter contre une infection qui se propage par voie aérienne sans masque revient à tenter d'éteindre un incendie sans eau.

Hier soir, nos dirigeants ont interdit les visites dans tous les Ehpad de France. Ils ont aussi ordonné la fermeture des bars, des restaurants, des théâtres, des cinémas…

Là aussi, trop tard. Le virus a un coup d'avance sur nous.

Personnellement, je n'ai jamais de visites. Aurélia est beaucoup trop loin et tous mes proches sont morts. Mais pour certains d'entre nous, cette interdiction sera pire que le virus. Si cet isolement dure trop longtemps, ils se laisseront glisser doucement.

Cette semaine, le docteur Hirtzel est passé deux fois. Il semblait fébrile, inquiet. Lui, il portait un masque filtrant, mais il m'a confié qu'il n'en avait que très peu d'avance et qu'il ignorait comment il allait faire ensuite. J'ai tenté de le rassurer en lui disant que bientôt, il n'aurait plus personne à visiter ici. Mais mon humour n'a pas fait mouche…

Hier soir, nous avons écouté Madeleine nous chanter *Les Feuilles mortes* avant d'attaquer notre repas *gastronomique*. Au moment du dessert, Léopoldine nous a dit un au revoir touchant, émouvant.

— Je m'en vais la semaine prochaine. Je rentre chez moi ! Je retourne dans ma maison ! Vous viendrez me voir là-bas, hein ?

Personne n'a osé la contredire, pas même Raymond. Pour la centième fois, elle nous a décrit la maison qui l'attendait, *sa* maison, perdue en pleine campagne. Avec sa grande cour où gambadent poules et canards, les champs tout autour, l'immense cheminée où l'on pourrait brûler la moitié d'un arbre…

Avant leur arrivée ici, Raymond et Léopoldine vivaient dans un petit appartement en plein centre-ville.

Je ne suis pas restée longtemps au fort. À peine quelques semaines. C'était le début de l'hiver 42, nous avions froid, nous avions faim.

Nous avions peur mais ne le montrions pas.

Je n'ai pas eu le temps de connaître vraiment mes codétenues, mes sœurs de cauchemar. Parmi elles, de grandes figures de la Résistance. Les premières étaient arrivées en août 42, j'étais dans les dernières. Entre ces murs, j'ai croisé – parfois sans le savoir – Danielle Casanova, Madeleine Passot… Je me souviens aussi de la petite Rosa, seize ans à peine, incarcérée pour avoir écrit *Vive les Anglais* sur le mur de son lycée.

J'ai dû attendre pour les connaître, car pendant mes deux premières semaines d'incarcération au fort, j'ai passé beaucoup de temps sur ma paillasse à me remettre de mes blessures. Celles qui se voyaient et celles qui ne se voyaient pas.

Puis, un soir de janvier 1943, on nous a toutes regroupées et deux cents d'entre nous ont été appelées…

***

Ça y est, tout le monde est confiné à la maison. Les avions sont cloués au sol, les voitures remisées dans les garages. Les supermarchés ont été dévalisés ; il paraît que les gens se sont rués sur le papier toilette. Comptent-ils fabriquer des masques de fortune avec du Lotus Confort ?

Quant à celui qui nous gouverne, il a parlé de guerre. Il est bien trop jeune pour savoir ce qu'est la guerre. La vraie.

Moi, je sais.

Chaque soir, à la télé, un médecin en costard-cravate fait le décompte macabre de ceux qui meurent à l'hôpital. Peut-être ferait-il mieux d'enfiler une blouse et d'aller aider ses collègues ! En tout cas, il pourra se recycler en expert-comptable si le corps médical ne veut plus de lui après la crise.

M. Evrard, le directeur de la résidence, nous demande de rester à distance les uns des autres. Il a essayé de mettre en place deux services le soir, pour tenter d'avoir le moins de monde possible en même temps au réfectoire… Il propose un dîner à 18 h 30, un autre à 20 heures qui connaît un succès mitigé. Eh oui, jeune homme, les vieux, ça aime manger tôt !

Quant au déjeuner, nous devons désormais le prendre en chambre.

Hier soir, Madeleine n'est pas descendue au restaurant. Ni au premier ni au second service.

Personne ne nous a chanté *Les Feuilles mortes* qui *se ramassent à la pelle* et que *le vent du nord emporte dans la nuit froide de l'oubli.*

Madeleine a beaucoup de fièvre, elle ne peut plus quitter son lit. Bientôt, c'est elle que le vent du nord emportera dans la nuit froide de l'oubli…

Nous étions plus de deux cents à être appelées ce jour-là. On nous a seulement ordonné de préparer une valise avec des vêtements chauds. Personnellement, je n'avais ni valise ni vêtements, à part ceux que je portais sur moi en arrivant.

Nous ne connaissions pas notre destination mais certaines de mes camarades ont supposé que nous partions travailler dans une usine en Allemagne. Aucune d'entre elles ne semblait effrayée ou n'a voulu le montrer. J'ai tenté d'être aussi stoïque que mes compagnes de détention en me répétant que rien ne serait pire que les interrogatoires et les cellules de la Gestapo.

Je ne savais pas encore tout à fait de quoi l'homme est capable.

Le surlendemain, nous avons toutes été conduites dans une gare de marchandises…

Par la fenêtre, je vois arriver le cercueil. Celui destiné à Madeleine. Sa voix s'est définitivement éteinte dans la nuit.

Elle s'est étouffée lentement, seule dans sa chambre.

Seule au monde.

Personne pour lui chanter *Les Feuilles mortes.*

Combien d'entre nous vont mourir seuls ?

La prochaine, ce sera Léopoldine. Mais Raymond a catégoriquement refusé de quitter son chevet. Peu importe la contagion, Léopoldine aura quelqu'un pour lui tenir la main.

Avant l'épidémie, quand la santé d'un des résidents se détériorait et que le médecin ou l'infirmière appelait le Samu, la première question qu'ils posaient, c'était : *Quelle est la date de naissance de la personne ?* Parfois, au-delà d'un certain âge, ils ne se déplaçaient même pas. Alors aujourd'hui que les hôpitaux sont débordés…

Les larmes aux yeux, Lucie m'a confié que le directeur et le docteur Hirtzel se démenaient pour obtenir auprès des pharmacies hospitalières un stock supplémentaire de Midazolam et de morphine. De quoi permettre aux résidents de s'éteindre dignement et d'alléger leurs souffrances. Voire de les abréger.

Lucie aurait voulu me serrer dans ses bras, j'aurais voulu la consoler, l'embrasser…

Nous nous sommes entassées dans les quatre derniers wagons à bestiaux du train. Les autres étaient occupés par des hommes montés avant nous. On nous a donné un pain et un morceau de saucisson qui devaient nous faire tout le voyage. Nous nous sommes organisées de manière à faire des rotations : une partie d'entre nous s'allongeaient pour se reposer, tandis que les autres restaient assises. Il y avait des tonneaux pour faire nos besoins, l'air était irrespirable. On avait empilé les valises autour des grands seaux pour qu'ils ne se renversent pas durant le voyage qui a duré trois jours et trois nuits…

***

Désormais, l'épidémie frappe le pays de plein fouet. Les masques ne sont toujours pas arrivés, à croire qu'ils voyagent beaucoup moins vite que le virus.

Le décompte quotidien continue et, désormais, on ajoute les morts en Ehpad à la longue liste des victimes. Nous faisons à nouveau partie de la société. Car le virus, lui, ne nous a pas oubliés.

Je devrais me dépêcher d'écrire mes mémoires.

Ce matin, je suis sortie sur mon petit balcon et j'ai vu arriver trois cercueils.

L'un d'eux est pour Léopoldine, c'est Lucie qui me l'a dit. Elle est morte cette nuit, dans les bras de Raymond. Il est toujours près d'elle, d'ailleurs. Mais dans un instant, on mettra sa Léopoldine dans une housse étanche et il ne pourra pas la suivre pour son dernier voyage.

Je sais ce qu'est l'amour. Alors je sais que Raymond ne s'en remettra pas.

Aurélia m'a appelée hier. Elle pleurait, j'ai essayé de la rassurer.

— J'ai déjà quatre-vingt-seize ans, ma fille. Qu'est-ce qui pourrait m'arriver de pire que la vieillesse ?

Nous sommes tous confinés dans nos chambres du matin au soir. Le printemps est là qui nous nargue de l'autre côté de la fenêtre.

La nature parle depuis que l'homme se tait.

Depuis qu'il a cessé son vacarme.

Je regarde mon cahier, toujours vierge, et je repars des années et des années en arrière. À une époque où les trains circulaient encore…

Les wagons ont été déplombés et des hommes en pyjama rayé nous ont fait descendre. Avec des cris, des coups. Un peu plus loin, les Allemands en uniforme gueulaient.

— *Raus, schnell !*

Un des détenus en tenue rayée nous a dit :

— Surtout, ne montez pas dans les camions !

Sur le quai, les SS nous ont triés. D'un côté, les vieux, les mères et leurs enfants en bas âge, les hommes et les femmes les moins robustes, qu'on a fait grimper dans les fameux camions.

De l'autre, les femmes et les hommes jeunes, en état de travailler.

Je l'ignorais à cet instant, mais le premier groupe allait être exterminé, l'autre allait survivre. Survivre, mais pour combien de temps ?

Scènes déchirantes, cris, hurlements, pleurs. Les mères séparées de leurs grandes filles, les maris séparés de leurs épouses et de leurs jeunes enfants.

Ceux qui résistaient étaient roués de coups.

Coups de crosse, coups de pied.

Un officier SS supervisait ce tri. Grand, uniforme parfaitement cintré, bottes reluisantes. Il prenait son rôle très à cœur, il aimait cette tâche, aucun doute.

Entre ses mains, le jugement dernier, le pouvoir suprême.

Parmi la foule terrorisée, il cherchait les femmes enceintes, les nourrissons, les jumeaux.

Plus tard, j'apprendrais que cet homme était médecin.

C'était le docteur Josef Mengele.

Une fois la sélection terminée, je suis partie avec d'autres femmes le long des voies ferrées. Nous avons marché dans la neige et le paysage le plus sinistre qu'il m'a été donné de voir dans ma vie.

Le froid, à perte de vue.

Nous sommes arrivées au camp d'Auschwitz-Birkenau. La première chose qui m'a frappée, c'est l'inscription en lettres de métal surplombant l'entrée du camp.

Arbeit macht frei.

En fin d'après-midi, Lucie vient dans ma chambre. Je ne remarque même pas le masque en tissu qu'elle porte sur le visage. Je ne vois que ses larmes. Elle referme la porte mais reste loin de moi.

— Yvonne…

— Qu'est-ce qu'il y a, ma chérie ?

— Yvonne… Juliette a été testée positive. On vient de l'apprendre.

— Je m'en doutais. Mais elle est jeune, elle va s'en tirer.

Lucie s'adosse au mur, comme si elle n'avait plus la force de tenir debout.

— Je suis venue te dire que… que… Louise est malade. Elle a beaucoup de fièvre, elle a du mal à respirer. Le docteur Hirtzel est avec elle.

— Ils vont l'emmener à l'hôpital ?

Lucie me répond d'un signe de tête.

— Ils n'ont plus de place en réanimation, ni même en gériatrie, murmure-t-elle.

Je n'ai pas touché à mon plateau-repas. La douleur et la colère me serrent la gorge et l'estomac. Je tourne la tête vers la fenêtre et regarde la nuit s'abattre sur nous. La résidence est silencieuse, on veille nos morts et ceux qui ne vont pas tarder à les rejoindre.

Lucie m'a dit que l'équipement arrivera demain. Masques, charlottes, surblouses. Pour les tests, il faudra attendre encore.

Nous ne sommes pas prioritaires.

Me vient alors une pensée horrible. Aujourd'hui encore, on fait le tri. Les plus faibles d'un côté, ceux qui peuvent travailler de l'autre.

Pourtant, Josef Mengele a fini par mourir noyé, ayant échappé à la justice.

Je ferme les yeux, soudain coupable. Je me déteste de penser ça, de comparer deux situations incomparables. Mais je ne peux m'en empêcher, là, du fond de ma peine et de ma révolte.

Et puisqu'il faut choisir, puisqu'on n'est pas capable de prendre soin de tout le monde, ici, en France, au XXIe siècle, je cède ma place aux plus jeunes…

Arbeit macht frei… Le travail rend libre.

Le *b* de *Arbeit* est à l'envers. Étrange de remarquer un détail aussi insignifiant en pareil moment. Étrange aussi de voir le mot libre à l'orée de cette prison.

Une partie des femmes sont entrées dans le camp en chantant *La Marseillaise*. Quelle bravoure, quelle force mentale ! Mais elles ont justement fait ça pour se donner du courage. Moi, j'étais incapable d'ouvrir la bouche.

Des prisonnières vêtues d'oripeaux se sont jetées sur nous. Elles voulaient qu'on leur donne nos vêtements, nos bijoux, tout ce qu'on avait. Les SS allaient nous les prendre de toute façon. Je me souviens avoir offert ma montre à l'une d'entre elles. Une Belge nous a hurlé qu'ici on entrait par la porte et on sortait par la cheminée. Que ceux qui étaient montés dans les camions étaient déjà en train de brûler.

Hagarde, perdue, je me suis accrochée à mon groupe.

Dans une baraque, nous avons été forcées de nous déshabiller et de remettre aux SS tous nos effets personnels.

Je me souviens de cette horrible sensation. Me retrouver entièrement nue devant mes tortionnaires, hommes et femmes. Leurs regards méprisants sur moi, sur nous.

Dans une autre pièce, on nous a rasées de la tête aux pieds. Sans doute pour éloigner les poux de corps, principaux vecteurs du typhus. Pour nous humilier, aussi.

Pour nous humilier, surtout. Nous déshumaniser.

Après la tonte, la désinfection. Nos corps fatigués, frottés avec des chiffons imbibés d'essence. Un bain de vapeur, une douche glacée.

Ensuite, on nous a infligé le tatouage sur l'avant-bras gauche. Un numéro matricule inscrit dans nos chairs à l'aide d'aiguilles trempées dans de l'encre. Un numéro indélébile que nous devions apprendre par cœur afin de pouvoir le répéter en allemand.

Enfin, nous avons eu le droit de nous habiller avec des vêtements souillés. Déjà utilisés par d'autres déportées.

Les habits des mortes qui nous avaient précédées.

Sur ces haillons, nous avons dû coudre un *F* dans un triangle rouge.

F pour Française. Triangle rouge pour prisonnière politique.

En marchant vers notre baraquement, nous avons croisé des ombres faméliques, *des colonnes squelettiques*, comme le dira plus tard Marie-Claude Vaillant-Couturier lors du procès de Nuremberg. C'étaient les hommes qui rentraient du travail. Certains portaient les cadavres de leurs compagnons, morts dans la journée. Ceux qui s'écroulaient étaient relevés à grands coups de crosse ou mordus par les chiens-loups.

J'ai mis quelques secondes à réaliser qu'il s'agissait bien d'êtres humains.

J'ai vu ce que les SS avaient fait d'eux.

Et là, j'ai compris que l'enfer, c'est ici, sur terre…

***

Le professeur continue son décompte journalier à la télévision et à la radio. Le nombre de morts augmente de façon effroyable. Nous avons atteint les dix mille décès. Nous dépasserons les vingt mille, cela ne fait aucun doute. Malgré tout, costard-cravate reste droit dans ses bottes, comme s'il maîtrisait la situation. Alors qu'il y a belle lurette qu'il ne maîtrise plus rien.

Louise est toujours en vie. J'ai des nouvelles par Lucie, ma douce Lucie… Mon amie est toujours en vie, mais elle n'est plus vraiment là. Je me prépare à voir arriver son cercueil par la voie d'accès au sous-sol de la bâtisse.

Pour le moment, aucun résident malade n'a été admis à l'hôpital car les établissements de notre région sont complètement saturés. Plus aucun lit en réanimation.

Le directeur a obtenu quelques *kits de fin de vie*. Oui, c'est comme ça qu'on appelle aujourd'hui le nécessaire pour euthanasier les vieux dans les Ehpad. Je connaissais les *kits de survie*, nous avons désormais inventé les *kits de fin de vie*.

On n'arrête pas le progrès, disait Madeleine.

Aurélia me téléphone chaque jour, j'essaie de la rassurer.

— Ne t'en fais pas, ma chérie, je ne bouge pas de ma chambre. Je suis prudente.

La porte de ma cellule s'ouvre et Martyrise entre, mon plateau-repas dans les mains.

— Bonjour, madame Mercier.

— Bonjour.

Elle ressemble à un cosmonaute, avec ses lunettes de protection, sa charlotte, sa surblouse, son masque et ses gants. Si seulement elle pouvait se barrer sur Neptune…

Elle dépose mon déjeuner sur la petite table, donne un coup de lingette.

— Il faut manger, hein, madame Mercier ?

Elle s'adresse à moi comme à une débile profonde. Je ne prends même pas la peine de lui répondre. Depuis quand se préoccupe-t-elle de ma santé ?

— Il faut manger, madame Mercier ! répète-t-elle d'une voix autoritaire.

— J'ai entendu. Mais je n'ai pas faim.

— Faut pas se laisser aller ! me réprimande-t-elle.

Je fais un effort pour me lever de mon fauteuil et me dresser face à elle.

— Je me passe de vos conseils, dis-je.

Elle me fixe au travers de ses lunettes, je vois sa respiration accélérer sous son masque.

— Pas de caprices, ordonne-t-elle. Vous n'êtes plus une gamine !

— En effet, puisque j'ai quatre-vingt-seize ans.

Cette fois, je la soupçonne de sourire sous son masque. Elle s'approche de moi, protégée par son attirail.

— On est triste ? ricane-t-elle. On a peur de voir mourir sa petite Louise ? Quel dommage ! On va se retrouver toute seule, hein ? On va se retrouver toute seule et on va pleurnicher !

Elle fait une courte pause, tandis que je la fixe sans relâche. Sa voix me rappelle soudain celle d'une kapo d'Auschwitz. Pourtant, je ne tremble pas.

— On est morte de peur, hein, la vieille ? Le méchant virus va venir te bouffer, toi aussi !

Je lève ma canne et la lui enfonce dans le sternum. Elle fait un pas en arrière, le souffle coupé.

— Toi, tu as peur du virus, dis-je. Pas moi. Parce que moi, j'ai survécu aux tortures des nazis, aux camps de la mort, au typhus et à la dysenterie.

— Mais tu ne verras pas tes quatre-vingt-dix-sept ans ! balance Martyrise en reculant encore.

— Et après ? Je n'ai pas peur de la mort non plus. Et je n'ai surtout pas peur de toi, parce que tu n'es rien. Et encore moins que rien. Tu n'es qu'une faible, une lâche, une merde.

Elle lève le bras droit au moment où je porte l'estocade :

— Tu veux que j'aille raconter au directeur comment tu as volé les affaires des résidents qui sont partis ? Comment tu as dépouillé des morts ?

Le coup de Martyrise reste en suspens, mon sourire s'élargit.

J'avais donc vu juste.

Lucie m'a confié que des effets personnels ont disparu des chambres de résidents décédés avant qu'on ne procède à la désinfection. Bijoux, argent liquide, tablettes... Elle en a avisé M. Evrard qui a promis d'avertir la police.

Je me doutais bien que c'était l'œuvre de cette charogne. Et j'espère qu'elle a chopé le virus pendant ses larcins. J'espère qu'elle en crèvera.

— Il ne te croira jamais ! dit-elle.

Je relève la manche gauche de mon gilet, révélant mon matricule.

— On ne mettra pas en doute la parole d'une résistante, déportée à Birkenau, tu peux en être sûre. Maintenant tu sors de ma chambre et tu n'y reviens jamais.

Quand Martyrise quitte enfin la scène, je me rassois dans mon fauteuil. J'ai vaincu l'ennemi mais je suis épuisée, essoufflée. J'ai la tête qui tourne et j'ai froid. Je remets le châle sur mes épaules frigorifiées et ferme les yeux...

Durant un temps, nous avons été placées en quarantaine dans un bloc. Nous n'avons pas travaillé dans les *kommandos* tout de suite, ce n'est venu qu'après, pour celles qui avaient survécu jusque-là...

Dormir sur des lits à étages, entassées les unes sur les autres. Partager les quelques couvertures souillées. Aller aux toilettes à heure fixe, sans la moindre intimité, sous la surveillance de matonnes armées de gourdins. Marcher dans la fange et les excréments. Au début, l'odeur dans le camp est insupportable, on suffoque à chaque seconde. Mais au bout de quelques jours, on n'y pense plus.

On ne pleure plus.

On essaie juste de survivre.

Une de mes premières surprises, à Birkenau, a été de découvrir qu'en plus des SS, nous étions gardées et maltraitées par des kapos. Ces surveillantes avaient été choisies parmi les détenues. Des déportées sélectionnées pour leur servilité. Certaines étaient plus cruelles que les SS… D'autres, au contraire, tentaient de nous venir en aide.

Chaque matin, bien avant l'aube, il y avait l'appel dans le camp. On restait entre une et deux heures debout dans la neige et le froid. Certaines tombaient pour ne jamais se relever.

Au début du mois de février 1943, il y a eu un appel général. À 3 h 30 du matin, toutes les prisonnières de Birkenau ont été regroupées à l'extérieur du camp, dans la plaine verglacée. Les SS nous ont laissées debout, sous la neige, jusqu'à la fin de l'après-midi, se relayant pour nous surveiller, buvant du café chaud sous nos yeux. Vers 17 heures, ils ont donné le signal et nous avons dû retourner dans le camp. Nous avons passé la porte une par une et avons toutes reçu un coup de gourdin dans le dos et l'ordre de courir. Celles qui en étaient incapables parce que trop faibles ont été saisies par un crochet et conduites au bloc 25.

Le bloc de celles qui attendaient d'être gazées, exterminées.

Ensuite, nos tortionnaires nous ont ordonné d'aller chercher les femmes restées dans la plaine. Nous avons ainsi transporté les corps de nos compagnes jusque dans la cour du bâtiment 25. Nous y avons entassé ensemble les mortes et les mourantes.

Les fenêtres du bloc où je vivais donnaient sur cette cour. Nous pouvions y voir les cadavres empilés et, de temps en temps, une main, une jambe ou une tête qui bougeait. Parfois, un gémissement, une plainte.

Les mourantes tentaient de sortir de cet amoncellement de corps décharnés.

Et nous ne pouvions rien faire pour les aider.

***

Ce matin, Rose a pris ma température. Le verdict est tombé, implacable.

38,9 °C.

J'ai cru que Rose allait se mettre à pleurer, alors j'ai saisi sa main gantée.

— Ne vous en faites pas, ma chérie. J'ai survécu aux nazis, je peux bien survivre au coronavirus !

— Vous promettez, hein ? a-t-elle sanglоté.

— Je ferai de mon mieux, ai-je ajouté.

Depuis cette nuit, j'ai mal à la gorge et je tousse. Une toux sèche qui me serre les poumons. J'ai des courbatures partout, comme lorsqu'on m'avait rouée de coups.

Louise est morte avant-hier, dévorée en seulement sept jours par ce monstre invisible. C'est Lucie qui est venue m'annoncer la triste nouvelle.

Quand elle a quitté la chambre, j'ai versé mes dernières larmes. Il n'y en aura pas d'autres, c'est juré.

Je ne pleurerai pas sur mon sort.

Dans le camp, on ne pouvait pas se laver. L'hiver, on faisait fondre la neige pour une toilette sommaire. Au printemps, quand nous revenions du travail, nous nous arrêtions parfois pour boire dans une flaque d'eau boueuse avant d'y laver notre linge.

La nourriture, c'était une sorte de tisane le matin – eau tiède, un peu noirâtre, avec des herbes dedans. Une potion maléfique. Le midi, c'était une soupe, parfois rien. Une soupe abjecte, versée dans des gamelles rouillées où nous devions boire à plusieurs, comme des chiens. Le soir, on nous donnait un bout de pain, parfois un morceau de saucisse.

Tout était fait pour nous humilier, nous rabaisser au rang de bêtes de somme ou de bétail partant à l'abattoir.

En 1944, j'ai été transférée au camp de Ravensbrück avec d'autres de mes compagnes.

Puis, en mars 1945, alors que j'ignorais encore qu'Auschwitz-Birkenau avait été libéré par les soldats soviétiques, certaines d'entre nous ont été envoyées à Mauthausen. Dans ce camp, un des plus durs du IIIe Reich, je travaillais à déblayer les voies ferrées.

Suivant l'avancée des forces alliées, les déportés étaient évacués et arrivaient dans cette prison surpeuplée où la nourriture devenait de plus en plus rare.

Le 3 mai 1945, la plupart des SS ont abandonné Mauthausen sans avoir eu le temps de tous nous exterminer.

Le 5 mai, la 11e division blindée de l'armée américaine est arrivée dans ce camp où les vivants mangeaient les morts.

***

— Je vais vous trouver une place à l'hôpital, ils vont vous soigner.

J'ouvre les yeux sur le visage du docteur Hirtzel. Il porte un masque FFP2, des lunettes. J'ai du mal à lui répondre, je n'ai presque plus de souffle.

— Vous êtes gentil. Mais ils ne… voudront pas de moi… Ils n'ont pas voulu de… Louise.

— Je vais me battre.

— Pourquoi ?

Je vois son regard se troubler.

— Lucie m'a raconté ce que vous avez fait pour les enfants juifs pendant la guerre. Ma mère a été sauvée par une femme comme vous, une Juste parmi les Nations.

J'ignorais que le docteur Hirtzel était juif.

— Une ambulance va venir vous chercher, je vous le promets.

Il caresse ma joue creusée avant de s'éclipser. Je songe à mon cahier, toujours vierge. Cette fois c'est sûr, je n'aurai pas le temps…

Quand je suis revenue en France, je pesais trente-trois kilos. Beaucoup sont morts durant le voyage retour. C'était terrible de les voir périr aux portes de la liberté… Ils n'auraient même pas la joie de revoir leurs proches après avoir traversé l'horreur.

J'ai retrouvé Ernestine, ma mère, et Marie, ma sœur. J'ai appris que mon frère était mort, fusillé comme otage par les nazis. Quelques semaines plus tard, j'ai demandé à ma sœur de partir à la recherche de Michel. J'ignorais s'il était encore vivant, mais je sentais au fond de mes tripes que c'était le cas.

C'est pour lui que j'avais survécu. Pour le serrer contre moi, pour toucher sa peau. J'avais peur qu'il soit horrifié en voyant ce que j'étais devenue, mais l'amour doit être plus fort que ça. Plus fort que tout.

Michel était vivant. Quand Marie l'a retrouvé, il était jeune marié et papa d'un petit garçon de six mois...

Le docteur Hirtzel suit le brancard qui me conduit jusque dans l'ambulance. Il a tenu parole, il a accompli l'impossible.

— On va vous soigner, me répète-t-il. Vous allez vous en sortir, Yvonne. Tenez bon !

Sous mon masque à oxygène, j'essaie de lui sourire. Mais je n'ai presque plus de force, désormais. Le virus me dévore les poumons, les intestins. Mon cœur, fatigué, bat de travers. Les portes du véhicule se referment, la sirène s'enclenche et tranche le silence.

Mon dernier voyage peut commencer.

Michel est venu à mon chevet. Il était sincèrement heureux de me revoir. Il a voulu tout savoir. Ce que j'avais vécu, ce que j'avais traversé, enduré. Persuadé que je ne reviendrais pas des camps, que j'étais morte, il avait refait sa vie avec une autre.

Je n'ai pas réussi à lui pardonner de ne pas m'avoir attendue.

Et je n'ai jamais réussi à l'oublier.

Pendant des jours et des jours, j'ai pleuré. J'ai même regretté de m'en être sortie, d'avoir lutté avec acharnement pour survivre.

Mais le temps adoucit toutes les peines, même les plus profondes. Il les adoucit sans toutefois parvenir à les effacer.

Après une longue convalescence, j'ai passé mon diplôme d'infirmière, j'ai commencé à travailler dans un pays, un continent où tout était à reconstruire. Et puis un jour, j'ai rencontré un homme. Lui aussi s'appelait Michel. La vie est parfois ironique, parfois tendre. Nous nous sommes mariés, nous nous sommes aimés. Nous aurions voulu des enfants, mais mon corps, lui, a toujours refusé de donner la vie. J'ignore pourquoi.

Peut-être parce que je savais que l'enfer est ici, sur terre…

Ça fait des heures que je suis sur un brancard, dans un couloir, le long d'un mur blanc. Malgré le masque à oxygène, j'ai de plus en plus de mal à respirer.

Des infirmières passent à côté de moi sans me voir. Pas un mot, pas un sourire, pas le moindre réconfort. J'arrive à en stopper une dans sa course et elle me rabroue sèchement, lançant seulement un *On va s'occuper de vous, soyez patiente, on fait ce qu'on peut.*

La fièvre me fait délirer, parfois. Il y a une heure, ou peut-être dix minutes, j'ai vu un homme en blouse blanche. J'ai cru reconnaître l'Ange de la mort, Josef Mengele.

J'ai hurlé. Un long cri et quelques mots en allemand.

On m'a injecté du Valium et j'ai dormi.

Quand je me réveille, j'essaie de me rappeler le nom des enfants que j'ai sauvés. Il y avait Sarah, David, Suzanne, Jacques… Autant je me souviens de leurs visages, de leurs regards, de leurs sourires, autant j'ai du mal, désormais, à me remémorer leurs prénoms. Lucienne, Albert…

J'ai changé de couloir et d'étage. Un jeune interne m'annonce qu'on m'a trouvé une chambre en gériatrie. On ne m'ouvrira donc pas la porte du service des soins intensifs.

Seulement celle des soins palliatifs.

Même si j'ai de plus en plus de mal à discerner les choses qui m'entourent, je comprends qu'ils sont en train de désinfecter la chambre qui m'est destinée.

Ma dernière demeure.

J'aurais préféré mourir entre mon érable du Japon et mon céanothe. Parmi mes lilas, mes rosiers et mes saponaires. Entendre le chant des oiseaux plutôt que les bips d'un moniteur.

J'aurais préféré avoir Aurélia, Lucie ou Rose près de moi.

J'aurais préféré…

Je ferme les yeux, j'essaie de contrôler ma respiration. De ne pas m'étouffer. Mes poumons se ferment de plus en plus, je n'y peux pas grand-chose. Je repense au supplice de la baignoire, je retourne des années en arrière, dans les locaux de la Gestapo.

J'aurais dû écrire tout cela dans le cahier. J'aurais dû…

Le jeune interne parle à voix basse avec une infirmière du service. Me croyant endormie, ils évoquent le protocole me concernant. Ils n'ont plus de Midazolam, ils vont donc m'injecter du Rivotril.

Je connais cette molécule.

Celle de l'euthanasie.

Dans quelques heures, peut-être moins, je ne serai plus vraiment là. Dans quelques jours, je quitterai ce monde. Et personne ne me tiendra la main. Personne ne me dira que j'ai été belle, ou courageuse.

Quand le jeune médecin s'approche de moi, nos regards se croisent.

De quel droit ? De quel droit fait-on peser un tel poids sur les épaules de ce jeune homme qui s'apprête à me donner la mort ?

Quelqu'un pousse mon brancard dans la chambre, deux infirmières et deux infirmiers me transfèrent sur le lit et me remettent très vite sous oxygène.

Je pense à Louise, je pense à Michel, à mes deux Michel. Je pense à Aurélia et à Lucie…

Le docteur vient près de mon lit ; je peux lire tant de détresse sur son visage d'enfant. Il faut que je le sauve, lui aussi.

— Ne vous… inquiétez pas, mon… p'tit.

Surpris, il s'immobilise. J'ai de plus en plus de difficultés à parler, mais je sais que je lui dois cette dernière phrase.

— Je ne vous en… veux pas… jeune homme. Je vous pardonne.

J'aperçois une larme au bord de ses yeux, sa main gantée serre la mienne.

J'ai vu tomber mes compagnes, les unes après les autres. Je les ai vues lutter pour leur vie, parfois renoncer.

J'ai enduré les hurlements effroyables des enfants qu'on précipitait vivants dans les fours, un jour où il n'y avait plus assez de zyklon B dans les chambres à gaz.

J'ai connu la soif, la faim, la peur.

J'ai entendu rire les bourreaux, j'ai vu sourire les kapos.

J'ai vu des hommes et des femmes mourir sous les coups, passés par les armes, crucifiés ou pendus.

Je les ai vus mourir de faim, de soif, de désespoir. Je les ai vus se faire dévorer par la vermine.

Mais ce que je vois, tandis qu'on m'injecte le poison dans les veines, ce sont les enfants que j'ai sauvés.

Sarah, David, Suzanne, Jacques… Lucienne, Albert, Marguerite, Robert… Simone, Joseph…

Au revoir les enfants.

SENTENCE

Cette nouvelle a été publiée pour la première fois dans *Des mots par la fenêtre*, recueil de nouvelles au profit de la Fondation Hôpitaux de Paris – Hôpitaux de France (12-21, Pocket, 2020).

Aryana a passé sa plus jolie robe. Elle n'a pas de miroir dans lequel admirer son reflet, mais elle est sûre que ce vêtement sera du plus bel effet. Elle se coiffe avec soin, se maquille légèrement les yeux et se parfume. Après avoir mis un châle coloré sur ses cheveux, elle quitte discrètement la maison.

Kumail revêt sa kurta mauve et termine de s'habiller. Dans la pièce principale, sa mère et sa sœur sont en train de préparer le repas. Il annonce qu'il va au village et disparaît bien vite. Dehors, le soleil est haut dans le ciel. L'après-midi sera longue et belle.

Ils se tiennent la main, tout en marchant lentement sur le chemin de terre. Parfois, ils échangent un regard, un sourire, une parole.

Une promesse.

La saison chaude commence à peine, elle durera jusqu'au mois de juin. Au loin, ils aperçoivent un paysan qui remonte dans leur direction. Avec hâte, ils quittent le chemin et grimpent le talus pour se réfugier dans le bois. Ils se cachent derrière un bosquet et se dévisagent, complices, se retenant de rire pour ne pas dévoiler leur présence à l'homme qui chemine désormais dix mètres en dessous d'eux.

Une fois la menace passée, ils retrouvent la piste caillouteuse et continuent leur route. Kumail complimente Aryana sur sa robe, elle rougit un peu. Soudain, elle a trop chaud et enlève son châle qui repose désormais sur ses épaules. Depuis qu'elle a fêté ses douze ans, elle ne s'était jamais montrée hors de la maison avec les cheveux découverts.

Ils descendent encore, jusqu'à atteindre une bicoque en pierre dont le toit s'est partiellement écroulé. Ils l'ont repérée la dernière fois qu'ils se sont promenés par ici.

À l'ombre douce de cet abri de fortune, ils s'enlacent, s'embrassent. Il aime caresser son visage à la peau mate et veloutée tandis qu'elle ferme les yeux. Aujourd'hui, Kumail se montre plus entreprenant que d'habitude. Ses mains s'aventurent sous les étoffes, Aryana le laisse faire.

Sur elle, il a tous les droits. Parce qu'elle l'a décidé. Parce qu'il n'est pas comme les autres, parce qu'il est unique. Il pense et agit différemment, la traite avec respect.

Avec amour.

Blottis l'un contre l'autre, ils écoutent passer les heures, ce temps qui coule si vite lorsqu'ils sont ensemble. Kumail lui raconte le lointain, l'inconnu. Il s'est déjà rendu dans la capitale alors qu'Aryana n'a jamais voyagé au-delà de la province retirée et déshéritée qui l'a vue naître. Il lui promet qu'un jour, ils iront là-bas tous les deux.

Là-bas, ils pourront afficher leur amour sans crainte.

Il embellit la réalité, Aryana le sait. Pourtant, elle sourit tandis que son imagination s'emballe. Le croire sur parole. Oublier ce que la vie lui a appris, coup après coup, malheur après malheur.

Oublier et le croire sur parole…

Quand Aryana rentre à la maison, la nuit tombe déjà. Ils se sont endormis, se sont réveillés trop tard. Dès qu'elle passe la porte, Muhammad se met à hurler.

— Où étais-tu ? Que faisais-tu ?

Face à son père, la jeune fille baisse les yeux et débite un mensonge inventé à la va-vite sur le chemin du retour. Elle prétend être allée dans la colline couper des petites branches de siwak. Elle n'a pas le temps de terminer sa phrase, reçoit une gifle, puis une autre. Elle reste immobile, n'essayant pas de se soustraire au châtiment paternel. Habituel.

À quoi bon ?

Mais le coup de poing qui arrive ensuite la projette sur le sol. Elle se replie sur elle-même, sous le regard courroucé de sa mère, tandis que Noor, sa petite sœur, se réfugie sous la table.

Les insultes et les reproches pleuvent de toutes parts. Son père, ses frères, sa mère. Comment a-t-elle osé sortir de la maison sans permission ? Comment a-t-elle osé se promener seule dehors ?

Aryana s'excuse, encore et encore. Quand son père cesse de la frapper, elle promet de ne jamais recommencer.

Ce matin, Aryana part aux champs avec sa mère et sa sœur, ainsi que d'autres femmes du village, tandis que les hommes se reposent à la maison. Elles profitent de l'absence des maris et des fils pour parler librement. Certaines évoquent les élections qui approchent. Même si dans le pays les femmes ont le droit de voter, aucune d'entre elles ne s'y risquera. Car dans leur village, loin de la capitale, la *jirga* en a décidé autrement. Ce conseil tribal, composé exclusivement d'hommes, les anciens de la communauté, fait office de tribunal local. Ses décisions sont basées sur l'honneur.

Et ici, l'honneur sali se lave avec le sang des femmes.

Chaque litige, chaque conflit, chaque crime est réglé par la *jirga*, tandis que les autorités du pays ferment les yeux. Les sages peuvent décider de donner une fille mineure en mariage à un homme bafoué. Ils peuvent ordonner un lynchage, une lapidation, et même pire, car cela est hélas possible.

Il suffit d'une rumeur, d'une parole, d'un soupçon. Nul besoin de preuve pour ces juges tout-puissants.

Ici, ce sont eux qui font la loi. Leur loi.

Aryana a entendu dire que dans les grandes villes de son pays, les femmes se battent pour faire changer les choses. Mais dans sa province, pauvre et rurale, la lutte n'est pas encore engagée.

Elle a aussi entendu dire qu'il existe des pays où tout est différent, où les femmes ont des droits. Elles peuvent travailler, choisir leur mari, sortir de la maison à leur guise.

Elles rendraient même la justice.

Aryana ignore si cela est vrai ou s'il s'agit de chimères. Ce dont elle est sûre, en revanche, c'est qu'elle n'a pas eu de chance.

Chaque nuit, Aryana regrette d'être née avec le mauvais sexe.

Chaque nuit, Aryana rêve d'être un garçon.

Chaque nuit, surtout, Aryana rêve de liberté.

Kumail regarde son père et sa mère, inertes sur le lit. Il les a assommés, l'un après l'autre. Il ne se serait jamais cru capable d'une telle chose. Mais on ne lui laisse pas le choix. La nuit est tombée depuis longtemps et il a écouté sa mère pleurer des heures durant. Quand le silence est enfin revenu, quand elle s'est endormie, il est passé à l'acte.

Le jeune homme attache ses parents sur leur couche et les bâillonne, avant de filer vers la pièce principale où Krishna, sa jeune sœur, dort dans un coin. Lorsqu'il lui caresse doucement le front, elle ne se réveille pas, épuisée par sa journée de labeur. Il saisit un coussin, juste à côté d'elle, hésite un instant. Ses mains tremblent, des larmes brûlantes inondent ses joues.

Puis, de toutes ses forces, il plaque le coussin sur le visage de Krishna. Elle se réveille brutalement, cherche de l'air, se débat. Elle lutte désespérément pour rester en vie. Mais Kumail ne cède pas.

— N'aie pas peur, je t'en prie. Ça ira très vite…

Mais non, ça ne va pas vite. Ça dure même une éternité. Krishna suffoque, Kumail pleure de plus en plus.

On ne lui laisse pas le choix.

Dans quelques heures, il sera trop tard.

Enfin, la fillette cesse de bouger, de respirer. Kumail serre le corps inerte dans ses bras et le berce longtemps, le couvrant de baisers et de murmures.

— Pardon, pardon, pardon…

Avant-hier, c'est Aryana qu'il serrait dans ses bras. Trois hommes les ont surpris, enlacés dans l'herbe, juste derrière la petite maison.

Ils n'ont pas eu le temps de fuir.

N'ont pas pu se défendre.

Le soir même, le verdict de la *jirga* est tombé. Implacable comme toujours. Incompréhensible comme jamais.

Aryana a été condamnée à être enterrée vivante.

Krishna, à être violée en public par les frères d'Aryana pour laver l'honneur des deux familles.

La tombe est déjà creusée, à cent mètres du village, non loin du cimetière.

L'exécution est prévue pour demain matin.

Demain matin, on sortira Aryana de la geôle où elle croupit en attendant la mort, on lui attachera les mains dans le dos et on la forcera à s'agenouiller dans la fosse avant de lui jeter des pierres au visage puis de l'ensevelir alors qu'elle vivra encore.

Voilà ce qu'ont décidé *les sages*.

Kumail caresse le visage effrayé de sa sœur et lui ferme les paupières. Il ne pouvait pas les laisser commettre ça, la laisser endurer ça. Outre la douleur et l'humiliation, la vie de Krishna aurait été un enfer dans un pays où une femme souillée a moins de valeur qu'un animal.

Il remonte le drap sur le corps sans vie et reste un moment immobile au bord du gouffre, à quelques centimètres de l'horreur.

Puis il se relève, essuyant ses larmes d'un geste brutal.

Il repasse dans la chambre des parents. Revenu à lui, son père tente de se libérer de ses liens en poussant des cris étouffés par le bâillon. Mais il n'est pas près d'y arriver. Kumail fixe son géniteur droit dans les yeux.

— Comment tu as pu les laisser décider ça ? murmure-t-il. Tu n'as donc aucun courage ?

Son père s'immobilise, son regard noir se brouille de larmes. Kumail se baisse et récupère une boîte en bois dissimulée sous le lit. Il s'empare du revolver que son paternel cache ici depuis des années et y insère six balles. Il en met six autres dans sa poche, au cas où.

Il quitte la demeure familiale, l'arme dans la main droite. Dans son pays, et particulièrement dans sa province, chaque foyer ou presque est équipé d'une arme à feu, qui coûte moins cher qu'un téléphone.

Arrivé devant la maison d'Aryana, il frappe trois coups contre la porte. Quelques minutes plus tard, Muhammad ouvre. Le père semble encore à moitié endormi. Quand il voit le coupable sur le seuil, son regard se durcit. Il ouvre la bouche mais n'a pas le temps de parler. Le canon de l'arme vient se coller sur son front et Kumail l'oblige à reculer avant de refermer la porte derrière lui.

— Tu arrives à dormir alors que ta fille va mourir ? assène-t-il à voix basse.

Aryana est assise contre le mur humide. Les jambes repliées, elle tremble.

De froid, de peur.

Elle imagine la terre dans ses poumons, l'étouffement lent, l'agonie.

Son père et ses frères seront eux-mêmes chargés de l'exécution censée blanchir l'honneur de la famille. Aryana pense à Krishna dont le sort sera encore pire que le sien même si elle n'a que quatorze ans. Même si elle est innocente.

Tout ça par ma faute ! Pourquoi ai-je enfreint les lois ? Pourquoi suis-je tombée amoureuse d'un homme qui ne m'était pas destiné ?

Comment ai-je pu croire que j'étais libre ?

Soudain, la porte s'ouvre et une silhouette élancée se dessine dans la pénombre. Aryana saisit la main que Kumail lui tend et se sent transportée vers le ciel. Elle a du mal à tenir debout, ayant subi les coups répétés de son père et de ses frères. Alors Kumail la prend dans ses bras. Il peine à marcher mais tient bon.

Au bout de quinze minutes, ils arrivent près de la tombe creusée à côté du cimetière. Surtout pas à l'intérieur, car Aryana n'y mérite pas sa place.

Ils se regardent, s'embrassent. Pas besoin de mots, d'explications.

Ils ne tentent même pas de fuir, ce serait inutile. Kumail vient d'assassiner sa propre sœur, le père et les frères d'Aryana. Où qu'ils aillent, on les retrouvera.

Il n'y aura ni exil ni pardon.

Ils viennent d'apprendre le prix de la liberté, sont prêts à le payer.

Les deux amants, deux adolescents, descendent dans la fosse et s'y agenouillent face à face, front contre front.

Le revolver, juste à côté d'eux.

DANS LES BRAS DES ÉTOILES

Cette nouvelle a été publiée pour la première fois dans le recueil *13 à table !* (Pocket, 2018) au profit des Restos du Cœur.

Lumières, tout autour de moi. Comme si les étoiles avaient daigné se pencher sur nous, pauvres mortels. Petites ampoules qui clignotent dans la ville glacée, pressée, agitée, en proie à une soudaine boulimie.

Le 24 décembre, déjà. Pour moi, ce sera encore un Noël avec Sam. Mon plus fidèle ami.

Mon seul ami.

Mais après tout, je n'ai besoin de personne d'autre.

Nous marchons côte à côte sur un trottoir qui brille d'une pluie fine et pénétrante. L'enseigne tape-à-l'œil de la pharmacie me rappelle qu'il est 18 heures, qu'il fait deux degrés. Sans doute pour ça que j'ai si froid.

Je regarde Sam en souriant.

— Tu m'attends là, hein ?

Tandis qu'il s'installe près d'un banc, j'entre dans la supérette. En semaine, elle reste ouverte jusqu'à 20 heures, mais ce soir, réveillon oblige, elle fermera dans peu de temps. J'attrape un panier au passage et m'aventure dans les rayons. J'ai l'habitude de venir ici faire quelques achats. Je rase les étals débordants de fruits venus de pays où il doit faire chaud, de légumes frais et, à l'occasion des fêtes, de plateaux colorés garnis de pâte d'amande et autres sucreries. Je me faufile entre les piles de boîtes de chocolats déjà en solde. Tout va si vite…

Au rayon alcool, je prends une grande canette de bière. Ce sera mon champagne, ce soir. J'aurai au moins les bulles. Et l'ivresse, avec un peu de chance.

Dans les frigos, je choisis une barquette de jambon sous vide. Je sors l'argent de la poche de mon pantalon. Dans le creux de ma main, quelques pièces. Je compte rapidement mon butin et m'aperçois que j'ai de quoi ajouter une seconde canette de bière ainsi qu'un paquet de cookies dans mon panier presque vide. Festin de roi !

Je prends encore quelques minutes pour contempler les victuailles derrière les vitres. Foie gras, terrines, chapons, saumon fumé… Tous ces sacrifiés de Noël que je placerais volontiers sur l'autel de ma faim perpétuelle.

La caissière répond à mon bonsoir. Je vis dans le quartier depuis pas mal de temps, elle me connaît et m'aime bien, je crois. Elle scanne les articles que je mets dans mon gros sac à dos avant de déposer la monnaie sur le tapis. Des pièces de dix, vingt ou cinquante centimes, quelques euros. Ce que Sam et moi avons gagné aujourd'hui.

Notre infortune quotidienne.

— Vous réveillonnez en famille ? demandé-je.

— Avec mon fils, me répond-elle. Il a neuf ans !

— C'est quoi, son cadeau ?

— Un jeu vidéo.

— Il va être super content… Il a de la veine de vous avoir ! Bonne soirée.

Elle n'ose pas répondre « vous aussi » mais m'adresse un sourire chaleureux, même s'il est un peu triste. J'ai envie de lui dire de ne pas s'en faire pour moi. Parce que ça ne sert à rien, finalement. Ça me réchauffe quand même le cœur.

Je rejoins Sam dans la rue. L'enseigne de la pharmacie m'apprend qu'il ne fait plus que un degré. Nous lui tournons le dos pour repartir en direction des quais.

— Tu vas voir, j'ai acheté plein de bonnes choses... On va se péter le ventre, mon vieux !

Tandis que nous traçons notre chemin au milieu des grappes de gens pressés de regagner leur foyer pour y festoyer, je repense soudain à mon sixième Noël.

Je me souviens du sapin en plastique blanc posé sur un meuble, dans un angle de la vaste pièce. Quelques boules rouges et argentées. Un truc tout fait, décoré à l'avance et qui ne perd pas ses aiguilles. Un arbre sans sève ni odeur, tout droit sorti d'une usine chinoise.

Je me souviens des paquets, posés juste à côté, qu'on n'a pas encore le droit de toucher. La grande table rectangulaire dressée pour ce repas de fête. Assiettes dorées en carton, verres en plastique, quelques guirlandes comme des chenilles de feu qui rampent sur les murs.

Je me souviens des enfants surexcités qui rient, chantent et dansent autour d'un vieux barbu, Père Noël d'un soir que j'ai reconnu sous son déguisement.

Je viens d'avoir six ans et, déjà, je ne crois plus en lui.

Plus en rien.

Je me souviens de moi, perdu au milieu des autres. Peur au ventre, douleur au cœur.

Le chagrin, partout.

Parfois, ma mémoire me joue des tours. Usée par l'errance, le froid et la solitude, elle n'est plus aussi fiable qu'avant. Mais ce soir-là, je ne peux pas l'oublier.

Mon premier Noël en foyer.

— Magne-toi, Sam !

Il me rejoint bien vite, et nous traversons le boulevard dès que le feu passe au rouge. Puis nous descendons l'escalier qui mène aux berges.

Le fleuve est calme, traçant son chemin dans la nuit et le ventre de la grande cité. Il était là bien avant nous, bien avant le béton, les ponts ou les immeubles cossus. Bien avant les écluses et les péniches. Je ferme les yeux, essayant d'imaginer comment c'était quand la ville n'existait pas. Quand le fleuve était sauvage, indompté. Quand il n'était pas souillé par les humains ni enfermé dans sa prison de pierre. Quand il traversait des plaines immenses, désertes et balayées par les vents. Quand ses berges étaient friables, son lit infini.

Quand il était libre.

Nous avançons sur le quai et nous arrêtons sous un pont. Ici, au moins, on est à l'abri. Je soulève une bâche en plastique, récupère les affaires laissées la veille au soir. Une vieille couverture beige, sale et trouée ; une guitare qui n'a plus que deux cordes, dégotée dans une poubelle ; une polaire que m'a offerte Vicky, un soir d'octobre.

Mes trésors de guerre.

Cet endroit, c'est chez moi. Chez nous. Personne n'ose nous disputer ce misérable royaume.

J'étends la couverture sur le pavé et m'y assois, face au fleuve dans lequel les lumières de la ville viennent agoniser. Je sors le repas de mon sac à dos, et Sam, installé tout près de moi, se lèche les babines.

— Tu as faim, hein, espèce de bâtard !

Il remue la queue, baisse les oreilles. Lui et moi, on s'est rencontrés il y a trois ans sur un terrain vague.

Il ne portait pas de collier, mais une énorme blessure à la patte. Avec quelques pièces, j'ai acheté de quoi le soigner.

On ne s'est plus jamais quittés.

Au cœur des nuits sans sommeil, j'appelle ma mère dans un murmure sans fin.

Je viens d'arriver dans le foyer. À peine deux jours avant Noël. Un lit simple, une petite armoire pour ranger mes affaires récupérées à la va-vite chez mes parents. On a essayé de me rassurer, de me dire que, ici, on va bien s'occuper de moi.

Mais rien ni personne ne peut me rassurer.

Mon monde vient de s'écrouler.

Je suis perdu.

Terrifié.

Terrassé.

Chaque jour, je vais dans le bureau d'une dame qui a l'âge de ma mère et me parle doucement. Elle me pose des tas de questions, voulant apprivoiser les démons qui hantent mon esprit, tentant de disséquer mes cauchemars.

Sauf que je ne dors plus.

La peur me tient éveillé.

Je ne réponds jamais à la dame.

J'ai oublié les mots. Perdu le chemin de la parole.

Sam est un bâtard. Mélange entre un labrador et je ne sais trop quoi. Il a de grands yeux noisette où se lisent le pardon, l'amour, la vérité. Dans son regard, il y a parfois bien plus que dans celui des gens que je croise chaque jour.

Sam a eu l'occasion de se tirer mais il est resté avec moi. Il y a un an, quelqu'un a proposé de l'adopter.

Un vieux monsieur qui venait de perdre son chien et habitait une maison avec un jardin. Sam aurait pu être heureux, là-bas. Manger à sa faim chaque jour, dormir sur une couverture près d'une cheminée. Peut-être même sur un canapé.

J'ai accepté de laisser partir mon chien en me disant qu'un jour quelqu'un proposerait de m'adopter, moi aussi. Mais une semaine plus tard, le type m'a ramené Sam en me disant qu'il se laissait mourir de faim sans moi.

Les premiers temps, j'ai refusé de manger. Je crois que je voulais mourir. Parce que je ne voyais pas comment oublier.

Ils ont été obligés de m'envoyer à l'hôpital où on m'a collé une perfusion dans le bras.

L'hosto, encore pire que le foyer.

Alors j'ai capitulé.

Puisqu'on ne voulait pas me laisser mourir, j'allais faire semblant de vivre…

J'ouvre la barquette de jambon, laisse les quatre tranches à Sam. Il les a bien gagnées. C'est souvent grâce à lui que les gens me filent quelques pièces.

— Joyeux Noël, mon vieux !

Il se jette sur la bouffe tandis que je l'observe en souriant. J'enfile mes mitaines en laine avant d'entamer ma première bière. Elle est glacée.

— À la tienne, Sam !

J'attrape un petit livre dans mon sac à dos et contemple la couverture. C'est une dame qui me l'a offert. Elle habite au dessus de la supérette et je la vois presque chaque jour quand elle vient faire ses courses. Elle ne me file jamais d'argent, peut-être qu'elle n'en a pas beaucoup. Mais ce matin, elle m'a donné ce bouquin en me disant que la nourriture de l'esprit était importante aussi. Je l'ai remerciée, n'osant lui avouer que je ne suis qu'un pauvre illettré à qui il faut dix minutes pour lire une ligne !

Grâce à la lumière du lampadaire, je déchiffre le titre à voix haute.

— *Chiens perdus sans collier.*

Sam dresse l'oreille avant de se coucher tout près de moi.

— Elle manque pas d'humour, j'te jure... !

Des chiens perdus sans collier, voilà ce que nous sommes, lui et moi. C'est peut-être un livre intéressant qui m'apprendrait des choses. Mais ça, je ne le saurai jamais.

Il faut retourner à l'école en milieu d'année. Une nouvelle école où les autres me toisent bizarrement.

Moi, le petit garçon de la Ddass. L'enfant du malheur.

On essaie de m'apprendre à lire, à écrire. Mais rien ne semble pouvoir venir prendre racine dans ma cervelle. Comme si elle avait fondu dans l'incendie ayant consumé mon existence. Je tente de former les lettres, mais ne parle toujours pas. Les mots restent coincés, refusant de sortir.

Pendant la récré, je m'assois dans un coin et regarde les autres jouer. J'écoute leurs cris pour oublier ceux qui résonnent sans cesse dans ma tête.

Il y a ceux qui répondent à mes bonjours, à mes sourires. Ceux qui ne me regardent pas.

Peut-être que ça leur fait trop mal de me voir sur le trottoir. Peut-être que je les dérange.

Peut-être qu'ils s'en foutent.

Il y a ceux qui me donnent quelques centimes, un billet de cinq euros, un ticket-restaurant. Ceux qui m'offrent une clope, m'achètent un pain au chocolat ou un paquet de croquettes pour Sam.

Il y a ceux qui me dévisagent avec dédain ou pitié. Qui pensent que je suis une épave, un moins-que-rien. Même pas un homme. Que je ferais mieux d'aller bosser.

Peut-être qu'ils ont raison.

Mais ils ne me connaissent pas, ignorent tout de mon histoire. À leur décharge, mes plaies sont invisibles. Pour les voir, il faudrait regarder au fond. Tout au fond de moi.

Il y a ceux qui me parlent de longues minutes, me confiant leurs petits tracas quotidiens.

Parfois, depuis mon trottoir, je regarde une jeune femme qui passe par là sans me voir.

Pour certains, je fais partie du décor, comme le banc ou le panneau d'affichage. Je suis transparent.

Pour d'autres, je suis une blessure, un cauchemar. Une souffrance.

Mon septième Noël. Une belle et grande maison avec quatre chambres.

Mais ce n'est pas ma *maison.*

Après six mois de foyer, on m'a placé chez ces gens. Gentils et attentionnés, ils se préoccupent beaucoup de moi.

Moi, qui n'arrive toujours pas à prononcer la moindre parole. Je parviens tout juste à leur adresser un sourire timide, parfois.

La psychologue leur a dit qu'il fallait parler.

Parler du drame.

Alors ils m'en parlent. Même s'ils ne savent rien.

Eux, ils n'étaient pas là. Ils n'ont rien vu, rien entendu.

Ils m'assurent que j'ai un avenir, qu'une vie m'attend quelque part. Que je dois me reconstruire.

Une fois par semaine, ils me conduisent chez un médecin. Un grand type tout maigre qui voudrait que je lui raconte mes cauchemars.

Moi qui ne dors quasiment pas...

Avec Sam, on a nos petites habitudes. On aime bien aller dans le square. On s'assoit sur le banc et on regarde les gosses s'amuser. Souvent, Sam joue avec eux quand les parents sont d'accord.

On rejoint parfois des potes qui squattent la rue comme nous. Parce que la rue, c'est comme une ville dans la ville. Il y a un peuple de la rue. Un peuple d'oubliés, les exilés de la vie.

Un peuple de misère.

On parle, on boit, on fume, on partage le peu qu'on a.

On se tient compagnie, on se tient chaud.

On tient, simplement. Pas vraiment le choix.

Et puis, trois fois par semaine, je passe au centre d'accueil de jour, réservé aux gens comme moi. Un repas, une douche... Un sourire, une confidence. Avant de retrouver la rue et le froid.

Par moments, j'essaie d'imaginer ce que je serais devenu si mon enfance n'avait pas été brisée net. Je n'aurais pas été un cancre, j'aurais réussi de brillantes études. Aujourd'hui, je serais médecin, avocat ou flic ! J'aurais une belle maison, une belle voiture, de belles obligations.

Mais je ne suis rien.

Un SDF qui végète sous un pont.

Un jour, une femme m'a dit que j'avais un visage d'ange. J'ai dû paumer mes ailes quelque part. Il m'est arrivé de voler, ça c'est vrai. De voler pour manger. Mais je ne suis pas très doué pour ça ! Sans doute parce que maman disait toujours que voler, c'est mal.

Parfois, je reçois la visite des équipes de la maraude. Ils viennent m'apporter un café ou un bol de soupe. Ils me proposent des vêtements ou une place en foyer.

Le foyer ? Non, merci. Mauvais souvenirs. De toute façon, ils ne veulent pas de Sam. Je ne vais tout de même pas dormir au chaud et le laisser seul dehors !

Il y a une jeune femme, Vicky, qui fait la maraude un soir par semaine. On doit avoir le même âge, elle et moi. Elle est belle à tomber par terre, mais je n'ose pas le lui dire. Un jour, peut-être…

Nouveau déchirement. J'ai quitté ma famille d'accueil pour retourner au foyer. Parce que, malgré tous leurs efforts, je suis toujours incapable de parler.

Pas la moindre syllabe n'est sortie de ma bouche depuis que…

On me force à consulter un autre psychiatre, qui me répète que ce n'est pas ma faute. Quelle importance ? Partout où je regarde, je vois les cendres de ma vie. Je vois la mort et le sang.

Quand je ferme les yeux, c'est pire encore. Alors, la nuit, je les garde ouverts jusqu'aux premières lueurs de l'aube…

Parfois, il y a du danger. Des mecs qui voudraient me faire la peau. La rue, c'est une zone de non-droit. Mais en général, on me fout la paix. Sûrement parce que je suis grand et baraqué et que je rends chaque coup qu'on me donne. Parce que Sam, qui est le clébard le plus brave du monde, peut devenir une bête féroce si on s'en prend à moi.

J'ouvre le paquet de cookies et j'en déguste un, les yeux fermés. Ça me rappelle un peu les biscuits que maman faisait cuire pour moi. Des sablés au chocolat.

Sam pose sa patte sur ma cuisse, je lui donne deux cookies qu'il avale en moins de trois secondes.

— Tu pourrais déguster, espèce de couillon !

Désarmé par son regard, je lui en donne deux de plus avant de refermer le paquet. Je me lève et vais pisser dans le fleuve. Puis je retourne sur ma couverture.

— Le reste, c'est pour le petit déj' !

Sam se recouche près de moi en soupirant.

Le premier mot que je prononce depuis que…

Ce premier mot, c'est « salut ».

Ce n'est pas à un éducateur que je le dis. Ni à mon institutrice ou à mon psychiatre.

C'est à un chien.

Il est venu se perdre dans la cour du foyer. À moins qu'il n'ait été envoyé juste pour moi.

Je lui parle pendant des heures tout en le caressant. Il m'écoute sans esquisser le moindre signe d'impatience. Sidérés, les éducateurs m'observent en train de me confier à un animal.

Là où ils ont tous échoué, un simple clébard a réussi.

Alors je lui raconte.

Comment mon père a tué ma mère.

Ce chien ressemblait étrangement à Sam. Quand j'ai eu fini de parler, il s'est levé et s'est éloigné. Je ne l'ai jamais revu, lui qui m'a permis de retrouver le chemin des mots. Parfois, je me demande si ce chien ne s'est pas réincarné en Sam pour voler, une fois encore, à mon secours.

Je fais quelques pas et sors de mon abri de fortune. Je lève la tête vers le ciel ; les nuages se sont dispersés, et une lune vaillante brille au milieu de son armée d'étoiles. Ma mère est quelque part parmi elles, j'aime à le croire. C'est stupide, je sais. Mais je n'ai pas oublié les histoires qu'elle me racontait. Et puis, il faut bien croire en quelque chose.

— Joyeux Noël, maman !

Ce jour-là, nous sommes allés faire les magasins, maman et moi. Derniers achats de Noël. J'aimais qu'elle passe du temps avec moi. J'aimais être avec elle.

Dès que nous sommes rentrés à la maison, nous avons décoré le sapin. Elle m'a soulevé dans les airs pour que j'aille placer une étoile en haut de l'arbre. Ensuite, je m'en souviens très bien, nous avons préparé un gâteau au chocolat. Elle avait pris quelques jours de congé pour s'occuper de moi pendant les vacances.

Plus tard, nous avons joué à un jeu stupide dont j'ai oublié le nom.

Et puis papa est rentré.

Il avait un visage que je n'oublierai jamais. Il m'a ordonné d'aller dans ma chambre et j'ai obéi. Peut-être que je n'aurais pas dû. Si j'étais resté, il n'aurait pas pu…

Depuis ma chambre à l'étage, j'ai entendu des cris. Papa hurlait sur maman. Je ne comprenais pas pourquoi.

Après les cris, le bruit des coups.

Jusqu'au silence.

Mortel.

Avec Sam, nous marchons le long du fleuve, histoire de nous réchauffer. Le froid se fait cruel. Cette nuit, il sera sans pitié. Je ne sens plus mes orteils, malgré les chaussettes en laine que Vicky m'a offertes.

Mes yeux se posent sur les fenêtres éclairées, j'imagine les gens derrière. Attablés devant des mets savoureux, en train de rire, de boire du champagne et de faire la fête ! J'imagine les enfants fébriles qui attendent leurs cadeaux et vont passer une nuit merveilleuse.

Ces gens normaux qui ne vivent pas dans la rue.

Qui ont déjà oublié que j'existe.

Que j'ai froid.

Que j'ai faim.

Que je me sens seul.

Que je pleure, parfois.

Mais jamais devant eux. Il n'y a que Sam qui peut me voir chialer. Dans ces moments-là, il se blottit contre moi, comme s'il cherchait à me consoler.

Je retombe sur ma couverture et termine ma bière. Il paraît que ma mère était infidèle. Pendant que j'étais au foyer, mon père m'a envoyé une lettre où il me demandait pardon.

Suis-je capable de lui pardonner la vie qu'il m'a donnée ?

Il est sorti de prison l'an dernier, il a peut-être essayé de me retrouver. Peut-être pas.

Je fume une cigarette, les yeux rivés sur le fleuve. Parfois, je songe à m'y jeter. S'il n'y avait pas Sam, je l'aurais déjà fait, c'est certain.

Ma clope se consume entre mes doigts gelés.

J'aimerais bien voir Vicky ce soir, mais je sais qu'elle ne viendra pas. Demain, je l'espère…

— Bonne nuit, Sam !

Je ne veux pas que le froid vienne me le faucher pendant la nuit, alors je le couvre avec un vieux duvet et me couche près de lui. Je tremble, mais du moment que Sam a chaud, le reste je m'en fous.

Je tremble, mais c'est sans importance.

Depuis longtemps, plus rien n'a vraiment d'importance.

Le bruit de l'eau me bercera et je finirai par m'endormir de froid, dans les bras des étoiles.

M'endormir, dans les bras de ma mère.

M'endormir et ne jamais me réveiller.

LES HOMMES DU SOIR

Cette nouvelle a été publiée pour la première fois dans le recueil *13 à table !* (Pocket, 2019) au bénéfice des Restos du Cœur.

Peu importe d'où je viens.

Peu importe où j'allais.

Peu importe mon nom. Qui s'en souviendra ? Moi-même, je ne suis pas loin de l'oublier.

Mon voyage est sur le point de s'achever. Il a duré si longtemps…

Tout a commencé il y a trois ans. J'avais douze ans, je n'étais pas heureux, pas malheureux non plus. Je vivais, simplement. Au milieu des miens, au cœur de ce village qui m'avait vu naître et aurait dû me voir mourir. Mon seul horizon, ma planète. Mes racines.

J'avais des parents, j'avais des frères et une sœur. Un avenir tracé, ni glorieux ni honteux. Cultiver le maïs et le manioc, épouser une femme et avoir des enfants qui, à leur tour, cultiveraient le maïs et le manioc.

Et puis ils sont venus. À la fin de la journée, n'attendant même pas que la nuit dissimule leurs crimes.

Ceux qui n'étaient pas de notre ethnie avaient quitté le village la veille. On les avait prévenus, mais ils ne nous ont pas mis en garde. Pourtant, nous vivions côte à côte depuis des générations. Pourtant, nous n'étions pas leurs ennemis.

Les hommes du soir ont tué tout le monde, incendié chaque maison.

Certains ont brûlé vifs, d'autres ont succombé aux machettes, aux haches, aux balles des fusils. Moi, je me suis évanoui un moment, mais le massacre continuait lorsque je suis revenu à moi. Alors j'ai fait comme si j'étais mort.

Je l'étais, de toute façon.

Mes frères, mes parents, ma grande sœur… Mon Dieu, ce qu'ils ont fait à ma grande sœur… Quand on voit ça, on n'a plus d'âme, on n'a plus rien. Quand on voit des hommes commettre pareille monstruosité, on cesse d'espérer et de croire.

Ils ne m'ont pas épargné, juste oublié dans un coin. Comme je baignais dans une mare de sang, que j'en avais partout sur le visage et le corps, ils ont cru que j'avais rendu mon dernier souffle.

Mais non. J'ai tout vu, tout entendu.

Je suis resté longtemps par terre, au milieu des flammes et des corps mutilés. Au milieu des odeurs étranges et des ultimes gémissements. Longtemps, à attendre la mort. Qui n'a pas voulu de moi. Certains diront que j'ai eu de la chance. C'est parce qu'ils ne savent pas de quoi l'homme est capable.

Moi, maintenant, je le sais. Et je dois vivre avec.

Aux premières lueurs de l'aube, je me suis relevé et j'ai regardé autour de moi. J'ai trouvé un vieux T-shirt que j'ai enroulé autour de ma blessure. J'ai quitté la maison et erré lentement en plein carnage.

Des yeux et des ventres ouverts, des bras coupés. Des mains tendues vers le néant.

Des hommes, des femmes, des enfants, des vieillards. Les animaux, aussi. Ceux qu'on élevait avec soin. C'est tellement important, les animaux. Les hommes ne peuvent pas vivre sans eux. Alors que l'inverse est possible, je crois.

Parfois, je reconnaissais un visage. Un voisin, un copain d'école, une cousine. Le vieux sorcier qui parlait tout seul et qui était mort sur sa chaise. Parfois, un corps supplicié par les hommes du soir puis par les flammes, qui n'avait plus rien d'humain. Devenu une chose monstrueuse, fruit de l'imagination d'un démon. Ça m'a rappelé ces personnages bizarres et difformes, que le sculpteur du village taillait dans le bois. Mais c'était moins joli.

J'étais comme anesthésié, assommé. Hébété.

J'avais mal. Tellement mal.

Je suis retourné dans notre maison en me disant que Dieu n'avait pas pu permettre cela. Que je traversais un cauchemar et que maman allait me réveiller en se moquant de moi. Mais maman, elle était allongée sur le ventre, sa robe remontée jusqu'à la taille. Son beau visage était tourné sur le côté, en direction de mes frères. La moitié de son corps avait brûlé, seulement la moitié, c'est comme ça que je l'ai reconnue. Dans un coffre miraculeusement intact, j'ai récupéré les nattes qu'elle tissait et j'ai recouvert toute la famille avec.

C'est à ce moment-là que je me suis enfui. Je me suis mis à courir, pendant des heures.

J'ai couru si longtemps que le soleil a atteint le zénith. Je n'avais plus de souffle, ma blessure me faisait atrocement souffrir, alors je me suis arrêté. Plusieurs jours durant, je me suis caché près d'un arbre. Terré comme un animal, sous un ciel écarlate, je regardais passer mes peurs.

J'aurais dû les enterrer. Au moins ceux de ma famille. Parce que ensevelir tout le monde, je n'aurais pas pu. Surtout avec ce que les hommes du soir m'avaient fait.

J'aurais dû les enterrer… Je me répétais cela en boucle.

Puis j'ai marché, de nouveau, poussé par la faim. Comment pouvais-je encore avoir faim ? Comment le soleil pouvait-il se lever, se coucher ? Les oiseaux chanter ?

Par hasard, j'ai rejoint un cortège de gens de mon ethnie qui fuyaient vers le pays voisin. Sur leurs échines fatiguées, quelques provisions, quelques objets. Dans les bras des mères, des enfants apeurés.

J'ai marché avec eux. Une vieille femme m'a soigné en disant que je survivrai. Dommage.

Quand on a passé la frontière, on nous a parqués dans un camp. Des tentes, un repas tous les jours, même s'il fallait se montrer patient pour l'obtenir. Des heures debout, dans la file des réfugiés. Un nouveau mot dans mon vocabulaire. C'est ce que j'étais, désormais.

Un réfugié.

Des vaccins, des médicaments, des vêtements, de l'eau potable. Ils ont même désinfecté les semelles de nos chaussures. Il paraît que c'est pour éviter le choléra. Encore un nouveau mot…

On nous a bien accueillis dans ce pays dont on m'avait parlé, mais dont j'ignorais tout ou presque. Ils étaient pauvres, comme nous, mais ne nous ont pas jetés dehors. Alors qu'à l'époque, j'avais déjà entendu dire que, parfois, dans les pays où les gens sont riches, ils jettent les pauvres dehors, les renvoient chez eux. Ce n'était pas le premier paradoxe que je rencontrais et, surtout, ce ne serait pas le dernier… À l'école, le maître nous avait dit que notre pays était l'un des plus grands de la planète et quasiment le plus vaste d'Afrique. Que notre sous-sol regorgeait de choses précieuses dont le monde entier avait besoin. Que nous avions d'immenses forêts, de beaux lacs, et même des volcans ! Mais personne, pas même le maître, n'avait pu répondre à ma question pourtant simple. Si nous possédons tout cela, pourquoi sommes-nous si pauvres ?

Dans le camp de réfugiés, nous étions nombreux. J'étais seul au monde. Je regardais, j'écoutais, je sentais. J'ai compris que notre village n'était pas une exception. D'autres avaient vu ce que j'avais vu, enduré ce que j'avais enduré. Certains avaient réussi à s'enfuir avant l'arrivée des hommes du soir. Quelquefois en découvrant simplement une marque sur leur porte. Mauvais présage.

Je marchais beaucoup, traînant ma peur derrière moi, comme un fardeau. La mélangeant à celle des autres.

Heureusement, Anne est arrivée. Venue de loin, juste pour nous aider. Elle faisait partie d'une ONG portant secours aux réfugiés. Elle était belle, dedans comme dehors. Elle m'a remarqué tout de suite. Au début, quand elle s'adressait à moi, je ne répondais pas. J'avais oublié les mots. Ils étaient là, quelque part dans ma tête, mais refusaient de franchir mes lèvres.

Quand on voit ça… on perd aussi la parole.

Chaque jour, elle me parlait doucement, me souriait gentiment. Avec la patience d'un ange, elle a éloigné mes peurs. Elles n'étaient jamais très loin, non. Rôdant autour de moi dès que le soir arrivait, tels des prédateurs affamés. Elle voulait que je lui raconte comment j'étais arrivé là, si j'avais de la famille quelque part.

Pourquoi je n'avais plus de main gauche.

Un matin, enfin, je lui ai raconté. J'ai tout dit. Même ce qu'ils avaient fait à Divine, ma grande sœur. Elle était mariée et enceinte. Avec son mari, ils vivaient dans notre petite maison, n'ayant pas l'argent pour en faire construire une. Pendant des mois, j'avais regardé grossir son ventre avec une drôle de curiosité. Elle m'autorisait même à le toucher, parfois !

Les hommes du soir l'ont plaquée au sol. Ils ont arraché de ses entrailles l'enfant qu'elle attendait. Ils l'ont écrasé avec leurs pieds avant d'achever sa mère. Quand j'ai raconté ça à Anne, elle est devenue encore plus blanche que d'habitude. Puis elle s'est mise à pleurer.

Pas moi.

Elle m'a pris dans ses bras, m'a serré contre son cœur. L'entendre pleurer m'a fait du bien. Ses larmes ont remplacé les miennes.

Mais Anne est partie, envoyée dans un autre camp. C'est quand elle m'a dit adieu que j'ai de nouveau pleuré, à l'abri des regards. J'avais treize ans, je n'avais plus personne. Je traînais dans le camp, entre désœuvrement et écœurement. Ma peine me suivait partout, petit chien fidèle.

Et puis j'ai rencontré Capitaine et Christ.

Capitaine avait mon âge, Christ avait deux ans de plus que nous. Il était grand et fort, nous dominant de deux têtes au moins. Capitaine avait le visage balafré et n'y voyait plus que d'un œil. Sa main droite n'avait plus de doigts à l'exception du pouce. Il l'avait retirée à temps, l'homme à la machette avait raté son coup et n'avait pu couper que ses quatre doigts avant que Capitaine lui échappe.

Quand il racontait cette histoire, il se marrait. Alors on se marrait aussi.

Ces deux-là ont vite trompé ma solitude. Ils sont devenus mes amis, mon quotidien, ma vie. Mes frères de sang. J'ai réappris à rire. Avec eux, on rigolait tout le temps. De tout, de rien. On se moquait des autres pour oublier notre propre condition. On faisait tout ensemble. Les bonnes et les mauvaises actions. Comme moi, Capitaine avait perdu les siens. Quant à Christ, toute sa famille était dans le camp. Pourtant, il voulait la quitter. Au début, je n'ai pas compris. Quelle drôle d'idée… Mais plus tard, j'ai réalisé qu'il voulait fuir ces murs et ces grilles qui se dressaient entre nous et la vie.

Devenir un homme, atteindre l'horizon.

Christ avait un cousin qui avait réussi à rejoindre la France. Et même s'il n'avait plus jamais donné de nouvelles, Christ voulait y aller aussi. Il nous parlait de cette contrée comme d'un paradis sur terre.

Plus de manioc, plus de maïs, plus de nattes tressées. Plus d'hommes du soir.

Des magasins partout pour acheter ce qu'on veut, quand on veut. Un monde où on rit, où on boit, où on s'amuse. On en rêvait la nuit, on en rêvait le jour. Christ possédait même un livre sur cet endroit idyllique et nous montrait les images, incroyables, de ce pays quatre fois plus petit que le nôtre, mais qui nous semblait immense.

Immense et riche.

Restait un problème majeur : comment atteindre cet eldorado ?

Christ avait la solution. Il nous a parlé d'un autre pays, beaucoup moins idyllique, mais où il y avait du travail pour tout le monde, surtout pour les hommes jeunes tels que nous. Nous pourrions aller là-bas, y rester quelque temps pour gagner l'argent qui nous ouvrirait la voie vers l'Europe.

Ce pays, c'était la Libye.

J'ai hésité, mais Christ, c'était notre héros. Une sorte de mentor. Le père que je n'avais plus. Alors j'ai décidé de le suivre. Capitaine aussi.

Pour aller en Libye, il suffisait de traverser le désert. Et pour traverser le désert, il fallait de l'argent. Je n'en avais pas.

Pendant des semaines, tout faire pour en trouver. Récupérer ce qui est récupérable et le vendre. Ou l'échanger contre quelque chose qui se vend. Nous avons même vendu la nourriture qu'on nous offrait.

J'ai écrit à Anne, seulement quelques mots sur un vieux morceau de papier. En retour, elle m'a envoyé de l'argent. Un ange, je vous dis…

Au bout de trois mois, Christ nous a annoncé avoir rencontré quelqu'un prêt à nous conduire jusqu'en Libye. Une nuit, nous avons embarqué dans un pick-up. À l'arrière de cette vieille voiture, nous étions au moins vingt, recroquevillés les uns contre les autres. Dix litres d'eau chacun, pas plus. Pour des jours et des jours de piste cahoteuse. Des kilomètres et des kilomètres de sable, de cailloux, de danger.

Le troisième jour, un homme s'est levé, car il souffrait de crampes. Il est tombé du pick-up, là au beau milieu de cet océan de sable brûlant. Le chauffeur ne s'est pas arrêté. C'était la règle. Christ nous avait prévenus.

Si tu tombes, tu crèves. Le désert te mange.

Le naufragé a fait de grands gestes désespérés avant de disparaître, avalé par les dunes et la lumière aveuglante du soleil. Il a quitté la vie, mais pas mon esprit. Il venait de rejoindre la galerie de mes fantômes. Images indélébiles qui gangrènent mon pauvre cerveau. Ça s'imprime quelque part, ça ne vous quitte plus. Plus jamais.

En Libye, nous étions attendus. Mais pas comme nous le pensions.

À peine arrivés, le chauffeur nous a vendus à des hommes armés qui nous ont conduits dans un centre de détention. Une prison aux mains d'une milice de trafiquants. L'endroit le plus terrifiant que j'aie jamais vu. Certains étaient là depuis longtemps, la peau sur les os, bouffés par la gale et les insectes. Il y avait des hommes, des enfants, des vieux. Des femmes, aussi.

Les gardiens nous jetaient quelques morceaux de pain et seuls les plus forts mangeaient. Les autres agonisaient. Ça les faisait marrer.

Ils nous ont interrogés, les uns après les autres. Si tu réponds pas, tu prends des coups. Jusqu'à t'évanouir. Ceux qui ont avoué avoir de la famille au pays ont été torturés par un homme tandis qu'un autre filmait. Le but étant de demander une rançon.

Comme Christ, Capitaine et moi n'avions plus personne, sauf ceux dans les camps de réfugiés, les trafiquants nous ont forcés à travailler. Il paraît que nous remboursions notre dette pour le voyage à travers le désert. Pourtant, on avait déjà donné de l'argent.

Heureusement, ils ne nous ont pas séparés. Nous avons travaillé chaque jour, sur des chantiers ou dans des fermes. Ça a duré presque un an. Trimer, du matin au soir, ne pas manger à sa faim, se prendre des coups pour un oui, pour un non. Tel était notre quotidien. Mais nous n'étions pas à plaindre. Le pire, c'étaient les filles. Je n'aurais pas voulu en être une.

Celles qui étaient jolies servaient aux hommes. Celles qui ne l'étaient pas servaient les hommes.

Dans ce centre, on parlait toutes les langues. Nous étions les seuls de notre pays. Quasiment les seuls à parler français. Mais quand on partage le même malheur, on se comprend d'un simple regard.

Pourquoi avaient-ils échoué là, tous ces gens ? Au fil des jours, j'ai compris qu'ils avaient fui la guerre, les massacres, les exactions, la sécheresse. Ou simplement la misère. Il y avait même des mères qui avaient quitté leur pays avec leurs filles pour qu'elles ne soient pas excisées.

Un jour, j'ai oublié lequel, ils ont reçu beaucoup de migrants. Un gros arrivage, comme ils disaient. Du coup, ils nous ont pris, Capitaine, Christ et moi, ainsi qu'une vingtaine d'autres, pour nous conduire dans une vieille et grande salle à quelques centaines de mètres du centre. Là, ils nous ont vendus. Comme des bêtes ou des objets. Au plus offrant. C'est Christ qui a rapporté le plus. Parce qu'il était grand et très costaud. Capitaine et moi, on valait beaucoup moins. En tant que mutilés, nous étions soldés.

On a eu de la chance, beaucoup de chance. C'est le même homme qui nous a achetés tous les trois, ainsi que deux autres garçons. C'était un riche propriétaire terrien qui cherchait de la main-d'œuvre bon marché pour faire tourner son exploitation agricole. Alors nous avons travaillé, encore et encore. Nous mangions presque à notre faim et ne prenions que peu de coups.

On était mieux que dans le centre, mais Capitaine est tombé malade. Notre propriétaire n'a pas voulu le faire soigner, ça aurait coûté trop cher. Chaque jour, mon frère devenait plus faible. Ses yeux brillaient de fièvre, il délirait. Pendant la journée de travail, il perdait souvent connaissance. Et au bout de deux semaines, il ne pouvait plus quitter sa paillasse, n'ayant plus la force de se lever. Christ a supplié notre « patron » de faire quelque chose, de ne pas laisser notre ami dans cet état.

L'homme a pris son fusil, il a tué Capitaine d'une balle en pleine tête et nous a demandé de l'enterrer. Après ça, Christ a changé. J'ai vu quelque chose germer au fond de ses grands yeux. Un soir, je lui ai dit que nous aurions dû rester dans ce camp de réfugiés plutôt que de venir ici. Il m'a filé un coup de poing. Le lendemain, il s'est excusé et j'ai compris qu'il s'en voulait beaucoup de nous avoir entraînés dans ce piège infernal. Il m'a dit qu'il avait la haine et ne pensait plus qu'à une chose. Une seule.

Venger Capitaine.

Je lui ai répondu qu'il fallait surtout qu'on sorte de là.

De nouveau, j'entendais arriver les hommes du soir. Dans mon sommeil, je voyais leurs ombres menaçantes s'approcher de moi. Plusieurs fois, Christ m'a dit que je hurlais pendant que je dormais.

Ça faisait un an et demi que nous étions coincés en Libye et je pensais que nous allions y passer notre vie, tels des esclaves. Mais Christ en a décidé autrement. Une nuit, il a réussi à forcer la porte du réduit dans lequel nous dormions. Avec deux autres garçons, nous nous sommes faufilés à l'extérieur et, sans un bruit, nous sommes rentrés dans la petite cabane où dormait un des chiens de garde du patron. Christ n'a pas hésité un instant. Il avait fabriqué une sorte de couteau et a égorgé le type dans son sommeil. Ensuite, nous avons pénétré dans la maison du propriétaire. Pendant que les autres garçons et moi volions tout ce qui pouvait avoir la moindre valeur, Christ est monté à l'étage.

J'ai entendu l'homme et sa femme qui hurlaient. Quand Christ est redescendu, il avait du sang plein les mains et m'a regardé bizarrement. Ce n'était plus le garçon que j'avais connu.

C'était un assassin.

« Capitaine est vengé », m'a-t-il simplement dit.

Nous avons erré pendant des semaines en essayant de ne pas nous faire capturer par la milice ou les trafiquants. Les deux garçons qui avaient fui avec nous sont sortis en plein jour. On ne les a plus jamais revus. Dieu seul sait ce qu'ils sont devenus.

On a fini par rencontrer un groupe de migrants qui tentaient, comme nous, de fuir ce pays maudit. Ils attendaient des nouvelles d'un passeur qui avait promis de les conduire en Italie. Certains d'entre eux avaient déjà réussi la traversée. Je les écoutais raconter, encore et encore, ce qu'ils avaient vécu. Ceux qui avaient failli se noyer, mais avaient eu la chance d'être repêchés par des secouristes sur un gros bateau, nommé l'*Aquarius*… Ceux qui étaient arrivés par leurs propres moyens à rejoindre la Sicile… Tous avaient été renvoyés en Libye. Retour à la case départ. J'écoutais…

Cette femme, qui disait : « Ils ne voulaient pas de nous là-bas ! »

Et moi, aurais-je voulu d'eux dans mon village ?

Ce jeune homme, des larmes plein les yeux, qui hurlait… « Ils nous répétaient : “Tu dois rentrer chez toi !” »

Rentrer chez moi ? Mais chez moi, ça n'existe plus ! Chez moi… tas de cendres, amas de chairs, mare de sang, fosse commune.

J'ai demandé à Christ pourquoi ces gens-là ne voulaient pas de nous, il a juste haussé les épaules comme s'il n'en savait rien. Je me suis mis à jalouser ceux qui n'avaient pas à fuir. Ceux qui avaient pu pousser sur leurs racines, s'élever sur leurs fondations… Ceux qui avaient un chez-eux.

Malgré tout, nos compagnons d'infortune voulaient de nouveau tenter leur chance. Ils prendraient le premier bateau. Et grâce à l'argent volé chez le patron, Christ et moi allions faire le voyage avec eux, nos rêves moribonds en guise de bouées de sauvetage.

Les jours qui ont précédé notre départ, j'ai pensé sans cesse à ce gros bateau orange qui s'appelle *Aquarius*. J'ai prié, très fort et très longtemps.

*Mon Dieu, je ne sais pas bien nager. Alors si notre embarcation coule, merci de nous envoyer l'*Aquarius. *Amen.*

Il y a deux nuits de cela, nous avons embarqué sur un vieux bateau en bois. Nous étions si nombreux que j'ai cru qu'on ne pourrait jamais faire monter tout le monde. À bord, nous étions comprimés, tels des poissons dans la nasse. Nous étions presque cent sur ce vieux radeau de fortune, mais il n'y avait que dix gilets de sauvetage. Christ a réussi à s'en procurer un et me l'a donné. Je voulais le filer à une petite fille qui semblait terrorisée, mais Christ me l'a interdit. « Tu le mets, un point c'est tout. Si tu le donnes, je te frappe. »

Les mères serraient leurs enfants dans leurs bras, personne ne parlait. La traversée a commencé dans un silence de mort.

Au bout de quelques heures, le moteur a lâché et nous sommes restés au milieu de nulle part pendant un temps qui m'a paru infini. Les bébés hurlaient, et certains, déjà très faibles au moment du départ, ont commencé à perdre connaissance.

Vers midi, enfin, les passeurs ont réussi à faire redémarrer le bateau. Il avançait si doucement que Christ et moi, on s'est demandé si on arriverait en Europe avant de mourir de soif ou de faim. Et puis un vent violent s'est levé, comme si nous n'avions pas déjà assez d'ennuis comme ça... Des vagues immenses ont fait gîter notre embarcation, mais elle a tenu le coup, par miracle.

Alors que la nuit menaçait, un bébé est mort. Son père s'est dressé en hurlant tandis que son épouse restait inerte. Il était devenu fou. Fou de douleur.

Ensuite, tout est allé très vite. Les passeurs lui ont ordonné de se rasseoir, de jeter son fils par-dessus bord.

Ils se sont battus, notre bateau a chaviré.

Beaucoup ont coulé au bout de quelques secondes comme s'ils avaient du plomb aux chevilles. D'autres se sont débattus plusieurs minutes avant de disparaître à leur tour. Certains ont essayé de m'arracher mon gilet de sauvetage. Mais Christ les en a empêchés, les condamnant à une mort certaine.

Il est encore près de moi, mon grand frère. Accroché à un morceau de la carcasse du bateau, il résiste. Mais je sens que ses forces, pourtant phénoménales, s'amenuisent.

Le vent se calme, le jour pointe. Nous avons tenu toute la nuit. Malgré le froid, malgré les vagues.

« Je voulais voir le soleil, me dit Christ. Une dernière fois. »

Il regarde le ciel puis me regarde, moi, avec un sourire triste.

« La mort, c'est pas si grave, petit frère ! me dit-il. Ça arrive à tout le monde ! »

Avec une force incroyable, il serre ma main glacée dans la sienne. Il lâche l'embarcation moribonde et ferme les yeux. Je le vois s'enfoncer lentement dans l'eau noirâtre.

Sans Capitaine et sans Christ, à quoi bon continuer ? Je me débarrasse de mon gilet de sauvetage, il dérive lentement à la surface tandis que j'attends patiemment que cette mer, devenue cimetière, me prenne… Au fond, les hommes du soir m'attendent, j'en suis certain.

J'entends du bruit, des voix. Dans un sursaut, je rouvre les yeux.

Une main qui se tend.

Trop loin.

Plus loin encore, la coque orange d'un énorme bateau sur laquelle est inscrit *Aquarius* en lettres blanches.

Trop tard.

Je coule, lentement, vers l'inconnu. Je croise mes parents, mes frères et ma sœur qui m'encouragent et me sourient. Qui m'entourent de leurs bras protecteurs. J'aperçois Capitaine et Christ qui m'attendent, eux aussi. Même Anne est là. Les hommes du soir, eux, ont disparu…

Peu importe d'où je viens.

Peu importe où j'allais.

Mon voyage vient de s'achever. Il a duré si longtemps…

L'ESCALIER

Cette nouvelle a été publiée pour la première fois dans le recueil *13 à table !* (Pocket, 2017) au bénéfice des Restos du Cœur.

Maman n'a toujours pas fait refaire les clefs de l'appartement. Ça fait six mois qu'elle a perdu son trousseau et *emprunté* le mien. Elle dit qu'elle n'a pas le temps ; c'est sans doute vrai, mais moi, je me demande si c'est pas plutôt parce que c'est une clef sophistiquée et qui coûte cher.

Alors ça fait six mois qu'après l'école, j'attends sur le palier. Je m'assois sur la dernière marche de l'escalier, je prends un livre dans mon sac et lis pendant une heure ou deux. Parfois, c'est plus longtemps encore. Alima, ma mère, ne rentre pas avant 19 heures et mon père, c'est encore plus tard. Il ne travaille pas ; pourtant, il passe ses journées dehors. Il cherche du boulot, c'est ce qu'il prétend. Je sais que c'est faux. Au début, il a essayé, j'en suis certain. Mais ça fait un moment qu'il a laissé tomber.

Tandis que je suis dans l'escalier, je regarde les gens rentrer chez eux. Certains me disent bonjour, d'autres non. Mais depuis six mois, aucun voisin ne m'a demandé ce que je faisais sur le palier.

Chaque jour, vers 17 h 30, je vois arriver Mme Thibault avec son cabas. Elle revient de la petite supérette qui fait l'angle et monte lentement les marches. Elle me passe à côté sans un mot. Moi, chaque soir, je lui dis bonjour, mais c'est comme si elle ne m'entendait pas. Je crois qu'elle ne m'aime pas beaucoup. Moi ou ma couleur de peau, je ne sais pas trop… Ou alors elle est simplement sourde.

Mme Thibault, elle a au moins quatre-vingt-cinq ans et du mal à grimper jusqu'au deuxième. Je me dis qu'elle devrait déménager et se trouver un appartement en rez-de-chaussée. Mais après tout, c'est son problème. Elle habite au même étage que nous et je la croise depuis des années. Je la croise, mais je ne la connais pas.

Ce soir, j'ai beaucoup de devoirs. Mme Lenoir, la maîtresse, nous a gâtés. Je décide donc de commencer avant l'arrivée de ma mère. Je pose mon cahier sur mes genoux et ma trousse sur la marche, juste à côté de moi. Toutes les trois minutes, il faut que je me lève pour aller rallumer la lumière… Pas facile d'apprendre une poésie dans ces conditions. Pas facile non plus de faire mes exercices de maths. Mme Lenoir va encore dire que j'écris comme un cochon. Je voudrais bien l'y voir ! Qu'elle essaie d'écrire dans la pénombre avec le cahier sur les genoux…

À 17 h 30, Mme Thibault arrive. Comme chaque fois, elle ne répond pas à mon bonjour. Il faudra que j'essaie avec un bonsoir. Ça marchera peut-être.

Vers 19 heures, ma mère apparaît enfin et je peux entrer chez nous. C'est un petit appartement avec une seule chambre, celle de mes parents. Moi, je dors dans le salon, sur un lit pliant. Je n'ai pas de bureau, encore moins d'ordinateur. Mes copains, à l'école, se foutent de moi parce que je n'ai ni portable ni Internet. Mes parents sont pauvres et, parfois, je les déteste pour ça. Simplement pour ça… C'est stupide et injuste, je sais. Parce qu'on ne choisit pas d'être pauvre et que mes parents auraient sans doute préféré se vautrer dans le luxe et se la couler douce. Quand ces mauvaises pensées m'envahissent la tête, j'embrasse ma mère un peu plus fort, comme pour me faire pardonner cette faute qu'elle ignore.

Je dors donc dans le salon et fais mes devoirs dans l'escalier ou sur la table de cuisine. Ma mère essaie de m'aider, entre deux corvées ménagères. Mais elle a du mal vu qu'elle n'a jamais eu la chance d'aller à l'école, comme elle le répète si souvent. Parfois, je me demande si c'est vraiment une chance. Mais si elle le dit, c'est que ça doit être vrai. Car, je dois bien le reconnaître, ma mère a souvent raison.

Avec mon cahier de maths, je m'installe à la cuisine tandis que maman se met à préparer le repas du soir. Je vois bien qu'elle est fatiguée. Il faut dire qu'elle travaille dur. Elle passe ses journées à astiquer les appartements des autres en plus du nôtre. Elle a plusieurs employeurs, bosse chaque jour dans un endroit différent. Mais le pire, c'est qu'elle a accepté d'aller faire le ménage chez les parents de Gabin, l'un de mes camarades. L'an dernier déjà, il me regardait de haut. Il m'appelait le Négro. Alors maintenant… Maintenant, je suis le fils de la bonniche. Voilà mon nouveau surnom. La maîtresse l'a entendu m'appeler ainsi et l'a puni. Depuis, ma situation s'est aggravée et Gabin m'en fait voir de toutes les couleurs. Je sais qu'elle voulait bien faire, mais elle aurait dû rester tranquille !

Il est plus de 20 heures quand mon père rentre enfin. La table est mise, la télé allumée, tout va bien. Mon père s'assoit et ne dit rien. Il ne parle pas beaucoup, il faut dire. Du coup, le petit écran capte toute notre attention. Au moment du dessert, il y a les publicités. Je les connais presque par cœur à force de les voir. Toutes ces choses qui ont l'air délicieuses, pratiques, ou carrément luxueuses. Les voitures qui se garent toutes seules, les téléphones qui prennent des photos, les crèmes qui effacent les rides, le riz qui cuit plus vite… Je suis hypnotisé par ce monde inaccessible, presque parallèle. Ensuite, tandis que maman débarrasse et fait la vaisselle, mon père prend la télécommande et choisit un film ou un reportage. Alors ma mère m'ordonne d'aller me brosser les dents et, quand je reviens, j'embrasse mes parents et vais me coucher.

Ils éteignent la lumière et baissent le son pour que je puisse m'endormir. Mais la plupart du temps, j'écoute le film. J'ai les paroles, pas les images. C'est un peu frustrant.

En général, vers 22 heures, ma mère part dans la chambre et mon père reste seul face à son écran. Souvent, c'est jusqu'au milieu de la nuit.

Parfois, je ne m'endors pas tant qu'il est là. Peut-être parce que j'espère encore et toujours qu'il va venir près de moi et me parler à voix basse. Me raconter sa journée, me dire qu'il a trouvé du travail.

Mais il ne le fait pas.

Il me tourne le dos et boit son mauvais whisky en silence. Un soir sur deux, il s'assoupit dans son fauteuil. Sans un bruit, je me lève et éteins la télévision. Puis je le couvre avec un plaid et retourne dans mon lit.

Et là, enfin, je peux dormir.

Je m'appelle Mahdi, j'ai huit ans. Ma mère est née au Mali, mon père en France. Ma mère est noire, mon père blanc comme un cachet d'aspirine. Et moi, je suis l'assemblage des deux. Ça donne une jolie couleur, je trouve.

L'été où nous sommes allés au Mali voir mes tantes, mes cousins et mes cousines, j'ai découvert que là-bas, j'étais un Blanc. Ici, en France, je suis un Noir. La couleur, finalement, c'est peut-être une question de perspective. C'est comme la pauvreté, on ne la choisit pas. On fait avec.

Damien, mon père, est grand et tatoué de partout. Il était militaire en Afrique quand il a rencontré ma mère. Et puis, son contrat a pris fin et ils sont venus s'installer ici, à Paris. Enfin, dans la banlieue. La Grande Couronne, ça s'appelle. À l'armée, ils n'ont plus voulu de lui. Je n'ai jamais su vraiment pourquoi, mais un jour, j'ai entendu ma mère dire que c'est parce qu'il n'était plus apte d'un point de vue psychologique. Je ne sais pas trop ce que ça veut dire. Peut-être que mon père est devenu fou ? Ce dont je suis certain, c'est qu'il est devenu alcoolique. Il a une petite pension qui ne nous suffit pas pour vivre. Tout juste à acheter son whisky à la supérette du coin. Quand il a bu, son regard n'est plus le même. Ses yeux deviennent des marécages sinistres où son regard s'enfonce lentement. Mais ces derniers temps, j'ai tendance à oublier comment est son regard quand il est à jeun. Parce qu'il boit de plus en plus. Maman le lui reproche souvent et mon père fait comme s'il n'entendait rien. Ces critiques glissent sur lui comme l'eau sur la toile cirée de la table de salle à manger.

Comme le whisky dans sa gorge.

Un jour, il n'y a pas si longtemps, j'ai essayé de goûter cette boisson qui semble tant lui plaire. J'ai trouvé ça vraiment dégueulasse et depuis, je le plains d'être obligé de boire ce truc immonde. Parfois aussi, il avale une bouteille de vin. Ça, je n'ai pas goûté, mais comme il dit qu'il préfère le whisky, j'imagine que ça doit être plus mauvais encore.

À l'école, je ne suis pas très bon. Disons que je me débrouille.

Ma mère dit que je pourrais faire mieux, mon père ne dit rien.

***

C'est jeudi, il est 17 heures et je m'installe dans l'escalier. Je lis mon livre quand arrive Mme Quantin, celle qui habite au troisième. Elle ramène ses deux filles de l'école et elles me passent toutes devant en criant un bonjour à me perforer les tympans. Au passage, la plus jeune marche sur ma trousse et piétine mon cahier. Mme Lenoir dira encore que je ne sais pas prendre soin de mes affaires… Mais au moins, je n'ai pas à me lever pour rallumer la lumière.

Puis, à 17 h 30, c'est au tour de Mme Thibault de rentrer. Essoufflée, elle s'arrête sur le palier inférieur et reprend sa respiration, la main sur la rampe. J'espère qu'elle ne va pas faire un malaise et mourir sous mes yeux innocents. Elle reprend sa terrible ascension et je me lève pour la laisser passer.

— *Bonsoir*, madame Thibault, dis-je.

Elle me toise, je lui souris timidement, espérant que ce bonsoir inédit va changer la donne. Mais elle garde le silence et récupère les clefs dans la poche de son manteau à carreaux. Un manteau qui doit avoir au moins le double de mon âge. C'est alors que je la vois vaciller.

On dirait qu'il y a un tremblement de terre qu'elle est la seule à sentir. Elle lâche son cabas et plusieurs tomates roulent sur le palier. Puis elle s'appuie contre le mur.

— Ça va ? demandé-je.

Elle rouvre les yeux et me fixe comme si elle me voyait pour la première fois. Je ramasse les tomates et les boîtes de conserve qui se sont échappées de son sac et les remets à l'intérieur. Puis je prends la clef dans sa main pour ouvrir son appartement. Je porte le cabas (putain, qu'il est lourd !) jusque dans l'entrée et me retourne vers elle.

— Donnez-moi la main, dis-je en tendant le bras.

Je ne pourrai jamais la retenir si elle s'effondre, mais ce simple appui semble la rassurer et elle parvient à s'asseoir sur une chaise de sa cuisine. Je récupère un verre dans l'égouttoir et le remplis au robinet avant de le poser devant elle.

— Vous voulez que j'appelle quelqu'un ?

Elle fait non, d'un signe de tête et je me demande si elle est muette. En tout cas, elle n'est pas sourde, c'est déjà ça. Elle boit le contenu du verre et me regarde à nouveau.

— Va-t'en, maintenant, dit-elle.

Mme Thibault sait parler. J'aurai appris quelque chose aujourd'hui.

— D'accord.

Je referme la porte et me rassois sur la première marche. Je range mon livre et sors mon cahier de poésie. Je trouve ça chiant, la poésie. Surtout quand ça rime. Dans la vraie vie, rien ne rime, après tout. Je lis les deux premiers vers et tente de les mémoriser. La lumière s'éteint, je soupire.

Soudain, la porte de Mme Thibault s'ouvre et elle apparaît en contre-jour.

— Tu veux venir boire un verre de lait ? me propose-t-elle.

Je suis tellement étonné que je ne réponds pas. J'hésite, mais elle attend. Alors je prends mon sac à dos, y fourre vite fait mes affaires et pénètre pour la seconde fois chez elle. Elle se traîne jusqu'à la cuisine, je la suis.

— Assieds-toi, dit-elle.

J'obéis, un peu intimidé.

— Je m'appelle Mahdi.

— Je le sais. J'entends assez souvent ta mère qui t'appelle !... Moi, c'est Madeleine.

C'est rassurant, comme prénom. C'est joli et ça donne faim. Elle pose devant moi un grand verre de lait et un pain au chocolat. J'observe chacun de ses gestes et constate que ses mains sont déformées.

— C'est l'arthrite, me dit-elle.

Je fronce les sourcils.

— C'est des rhumatismes qui déforment les articulations, ajoute-t-elle.

Merde, elle lit dans mes pensées ! Mieux vaut que je ne pense à rien, dans ce cas. Juste à ce délicieux pain au chocolat. Je me demande si elle l'avait acheté pour elle. Évidemment qu'elle l'avait acheté pour elle ! Mais ce soir, c'est moi qui le mange.

— Pourquoi tu restes dans l'escalier tous les jours ? demande Madeleine en se posant sur une chaise.

J'avale ce que j'ai dans la bouche avant de répondre. Ma mère m'a expliqué que c'était plus poli.

— Parce que maman a perdu son trousseau et a pris le mien.

— Et elle ne peut pas te faire refaire un double ?

— Elle n'a pas le temps.

— Et ton goûter ? Elle n'a pas le temps non plus ?

Je hausse les épaules. Une façon d'éluder, de ne pas lui dire qu'un repas en moins, c'est toujours ça de gagné. J'ai terminé mon pain au chocolat, je l'ai trouvé succulent.

— C'était bon, dis-je en souriant.

— Tant mieux, rétorque Madeleine. Bois ton lait… Tu as quel âge, maintenant ?

— Huit ans.

— Tu viens de rentrer au CE2, c'est ça ?

— C'est ça. Vous avez été à l'école, vous ?

Elle me regarde de travers et je me dis que j'aurais mieux fait de la fermer.

— Qu'est-ce que tu aimes ? continue-t-elle. Les mathématiques ou le français ?

Visiblement, dans la tête de Madeleine, on aime soit l'un soit l'autre. Pas les deux. Ou bien ni l'un ni l'autre.

— Je préfère le français. Mais pas trop la poésie.

— Ça viendra, prédit Madeleine.

— Vous êtes sûre ?

— Oui.

— Et pourquoi ?

— Parce que tu as les yeux du poète…

***

Ce matin, Mme Lenoir m'a appelé au tableau pour réciter ma poésie. Je la savais par cœur et je n'ai oublié aucun mot. Dans ma tête, j'entendais la voix de Madeleine qui me la lisait, encore et encore. C'était simple. Gravé en moi, quelque part. C'était comme si j'avais le cahier sous les yeux. J'ai eu dix sur dix.

En sortant de l'école, j'ai encore le sourire. Gabin est dehors, il attend son père qui ne va pas tarder. Le père de Gabin est ingénieur en je ne sais pas quoi. Mon père à moi, il dit que les ingénieurs font de longues études pour apprendre à ne rien faire sans que ça se voie. Qu'ils apprennent à brasser du vent. Je me dis que brasser du vent, ce n'est pas si facile. Et je me dis aussi que mon père aurait peut-être préféré brasser du vent que faire la guerre en Afrique.

Ingénieur plutôt que soldat. C'est moins risqué, moins salissant.

Le père de Gabin vient toujours le chercher à la sortie de l'école le vendredi soir, dans une très belle voiture noire. Les autres jours, c'est sa mère, dans une voiture plus petite.

— Hé, le Négro ! Tu diras à ta mère qu'il faut qu'elle lave mes chaussettes !

Il s'esclaffe comme un con, ainsi que toute sa petite bande. J'ai entendu un jour un mec à la télé dire que les enfants sont innocents.

Je crois que ce type n'a jamais vu d'enfants de sa vie.

Je passe devant Gabin sans même le regarder et balance :

— Ça t'empêchera pas de puer des pieds !

Celle-là, je suis allé la chercher loin ! Sans doute pas dans la poésie française, mais loin quand même. Gabin attrape les anses de mon sac et me secoue violemment. Il est plus grand que moi, plus fort aussi.

— Me parle pas comme ça, pédé ! Sinon, je dis à ma mère de renvoyer la bonniche ! Et t'auras plus rien à bouffer !

C'est à ce moment-là que la belle voiture noire arrive. Alors Gabin me lâche et me fixe avec dédain. Puis il disparaît à l'arrière de la berline dont les vitres sont fumées. La grande classe.

Moi, mon père ne vient jamais me chercher. Il y a longtemps qu'il a vendu notre vieille voiture pour acheter son whisky. Cela dit, il pourrait venir à pied. Ça me ferait plaisir quand même.

Mais il ne vient jamais.

Quand je m'assois dans l'escalier, il est 17 heures. Cinq minutes plus tard, Mme Quantin et ses deux filles montent au troisième. Comme chaque soir, la plus petite s'amuse à piétiner mes affaires avec ses affreuses chaussures vernies. Comme chaque soir, je leur dis bonjour.

Mais ce soir, j'attends 17 h 30 avec impatience.

J'attends Madeleine.

Et elle arrive pile à l'heure.

— Bonsoir, dis-je.

Elle me sourit, à peine, avant d'ouvrir la porte de chez elle. Je fais comme si je n'espérais rien.

— Qu'est-ce que tu attends ? me demande-t-elle d'un ton légèrement agacé.

Je me précipite dans son appartement, elle referme derrière moi. Timide encore, je pose mon sac dans la cuisine et m'assois. Le verre de lait, le pain au chocolat.

Ensuite, ce sont les devoirs. Avec Madeleine, ça va tout seul. Elle est pleine d'instruction et de savoir. Avec elle, c'est presque un jeu.

— Tu sais que le diminutif de Madeleine, c'est Maddie ? me dit-elle avec un petit sourire.

J'écarquille les yeux. Pas des yeux de poète, non. Plutôt des yeux d'idiot. Je n'avais pas pensé à ça. Mahdi et Maddie.

— Ta mère ne va pas tarder, dit-elle.

Je range mes affaires tandis qu'elle m'observe avec son regard affûté comme une lame.

— Je vous ai mangé votre pain au chocolat, dis-je comme pour m'excuser.

— Il n'était pas pour moi.

— Ah… Mais celui d'hier ?

— Il n'était pas pour moi non plus. Je l'avais acheté pour toi…

Je fronce les sourcils. Comment pouvait-elle savoir qu'elle allait faire un malaise et que j'allais l'aider ?

— Ça fait plusieurs semaines que j'achète un pain au chocolat tous les soirs, ajoute Madeleine. Mais je n'osais pas te proposer d'entrer… Je pensais que tu dirais non. Que tu te moquerais de moi… Allez va, maintenant.

***

— N'écoute pas les imbéciles, me conseille Madeleine. Ce qu'ils disent doit rentrer par ton oreille droite et ressortir par la gauche.

Facile à dire. Ce n'est pas sur elle que Gabin crache son venin à longueur de temps.

Ça fait un mois que, chaque soir de la semaine, je passe deux heures chez Madeleine. Deux heures car, désormais, elle s'arrange pour revenir plus tôt de la supérette. En vérité, je ne reste même plus dans l'escalier. Je monte au second et frappe directement à sa porte. Chaque soir, j'ai mon verre de lait et mon pain au chocolat. Chaque soir, j'ai quelqu'un qui s'occupe de moi.

Quelqu'un, rien que pour moi.

Chaque soir, je suis important pour quelqu'un.

— Je vais essayer, dis-je pour lui faire plaisir.

— Tu vas y arriver, corrige Madeleine.

Aujourd'hui, nous avons déserté la cuisine et sommes installés dans le salon ; je regarde autour de moi, ces meubles vieillots mais robustes, ces étagères avec des livres, des tas de livres. Des murs de culture.

Des murs infranchissables.

Pourtant, en un mois, ma moyenne a augmenté. Mes notes se sont envolées.

— Tu as une grand-mère, quelque part ? demande Madeleine.

— Oui… Ici !

— Tu es bête ! grogne-t-elle avec un sourire gêné.

— Et vous ? Vous avez des petits-enfants ?

Le regard de Madeleine se voile et plonge dans un océan de douleur.

— Non, murmure-t-elle.

Je m'approche d'un petit cadre posé sur le bahut. À l'intérieur, une photo en noir et blanc d'un jeune garçon. Il doit avoir mon âge.

— Et lui, c'est qui ?

— C'est l'heure de partir, me dit Madeleine. À demain.

***

Mon père rentre de plus en plus tard, comme s'il craignait que le toit de l'immeuble ne lui tombe sur la tête. Comme s'il voulait nous voir le moins possible.

Maman sait que je suis chez Madeleine entre 17 heures et 19 heures. Elle lui a même préparé un gâteau pour la remercier de s'occuper ainsi de moi. Et du coup, elle ne pense même plus à faire un double de la clef. De toute façon, même si j'avais mon sésame, je continuerais à aller chez Madeleine. Parce que je me sens bien auprès d'elle.

On travaille, on s'amuse, on rigole. Mais elle n'a toujours pas voulu me dire qui est le garçon dans le cadre. Je me demande si c'est son fils. Je ne vois pas qui d'autre ça pourrait être. Est-il loin ? Sont-ils fâchés ? Est-il mort ?

Maman sert le repas, papa regarde la télévision. Pourtant, on dirait qu'il ne la voit pas. On dirait que ses yeux sont ailleurs. Ses yeux et sa tête. Je me demande où il peut bien être. Parfois, quand il s'endort, je l'entends rêver. J'aimerais savoir où il va, pourquoi il gémit comme un gosse, lui, cet homme si impressionnant. Personne ne songerait à s'opposer à lui tant il est costaud. Alors pourquoi pleure-t-il pendant son sommeil ?

Un jour, peut-être, me dira-t-il ce qu'il a vu ? Ce qui le fait souffrir à ce point. Un jour, peut-être, quand je serai assez grand…

***

Je monte l'escalier en courant. J'ai hâte de retrouver Madeleine. Surtout que j'ai une surprise pour elle. Mon bulletin.

Elle n'a pas vu les précédents, ne se rendra peut-être pas compte de l'incroyable évolution de mes notes.

Elle m'attend dans la cuisine, je l'embrasse sur la joue. Patinée par les années, sa peau est douce et chaude. Mon verre de lait et mon pain au chocolat sont déjà prêts. Surexcité, je sors le bulletin de mon sac. Elle sera la première à le voir. Elle me félicite, m'embrasse à nouveau.

— Bravo, Mahdi. Je suis fière de toi !

Je savoure le moment. L'importance que je me donne à cet instant.

— Ça veut dire quoi, les yeux du poète ?

Elle n'a jamais voulu me le dire. Et depuis des mois, je lui pose la question chaque soir. C'est devenu un jeu entre nous.

— Un jour, tu le sauras, dit-elle simplement.

Je soupire, l'air faussement agacé.

Les deux heures que je passe auprès de Madeleine sont les meilleures de la journée, même si j'adore être avec ma mère. Mais elle est toujours fatiguée, toujours énervée. Toujours à se demander comment finir le mois, comment payer telle ou telle facture. Lorsque je suis avec maman, elle pense à plein de choses sauf à moi. C'est sans doute injuste de dire ça vu que toutes ces choses auxquelles elle pense, c'est pour moi. Pour que j'aie à manger, des vêtements, un avenir.

Mais lorsque je suis avec Madeleine, elle ne pense qu'à moi.

Ce soir, nous finissons les devoirs très vite. Il nous reste encore une heure à partager. Alors nous jouons aux cartes. Si mes copains de classe me voyaient, ils se foutraient encore de ma gueule. Parce que, au lieu de jouer avec mes potes à *League of Legends*, je passe mon temps libre avec une vieille dame pleine d'arthrite et de manies. Mais de toute façon, quoi que je fasse, mes camarades se foutent de moi. Je suis toujours trop ceci ou pas assez cela. Pourtant, il me semble que je suis à peu près comme les autres, mise à part ma couleur de peau. Et je sais que ce n'est pas elle qui m'empêche d'être accepté. C'est autre chose.

L'autre jour, j'ai demandé à mon père comment on faisait pour se trouver des amis. Il m'a répondu qu'il n'y avait pas de réponse à ma question. Que l'amitié était comme l'amour : une question sans réponse.

— Et toi, papa, tu as des amis ? ai-je demandé.

— J'en ai eu. Mais je n'en ai plus.

— Pourquoi ?

— Parce que je n'ai pas su les garder.

Après ça, il est parti dans son ailleurs et a avalé un grand verre de son ignoble whisky. Et j'ai vu une larme rouler sur sa joue.

— Je n'ai pas su les protéger, a-t-il murmuré.

***

J'ai posé la question à ma mère. Il a fallu que j'insiste. Au début, elle m'a envoyé promener et puis, finalement, elle a fini par répondre. Je l'ai eue à l'usure, comme souvent.

Pourquoi papa boit autant ?

Maman m'a expliqué qu'il avait vécu des choses difficiles quand il était soldat. Qu'il avait vu ses compagnons mourir, juste à côté de lui. Elle m'a dit qu'il était quasiment le seul survivant et qu'il ne s'en était jamais remis. Qu'il se sentait coupable. Qu'il avait vu mourir des enfants, aussi. *Le syndrome post-traumatique*, ça s'appelle. C'est pour ça qu'il a dû quitter l'armée et ça non plus, il ne s'en est jamais remis.

Je lui ai demandé s'il n'y avait pas des docteurs pour le *syndrome post-machin* et elle m'a répondu que papa en avait vu plusieurs, mais qu'ils n'étaient sans doute pas doués.

Il est pas loin de minuit et je ne dors pas. Je regarde mon père qui regarde la télévision. La bouteille de whisky est presque vide et maintenant je sais à quoi elle lui sert. Elle lui sert à oublier.

Que le monde est triste.

Que la mort existe.

Sa tête commence à pencher sur le côté. Sans un bruit, je me lève pour éteindre la télévision. Aussitôt, ses paupières se soulèvent et il me fixe dans la pénombre. Je m'approche de lui, embrasse sa joue mal rasée.

— Pourquoi tu ne dors pas ? dit-il d'une drôle de voix.

— Parce que je veille sur toi.

— Va te coucher, Mahdi…

Je prends sa main épaisse dans la mienne. Mon père ne l'a jamais levée sur moi. Heureusement, car il doit avoir une force phénoménale.

— Tu es toujours le meilleur, dis-je.

Je vois briller ses yeux et lui souris. Un peu timide, un peu gauche.

— Tu es le plus fort, papa.

Il se lève à son tour, me ramène jusqu'à mon lit et remonte les draps sur moi. Il m'embrasse sur le front et s'enferme dans la cuisine. L'instant d'après, je l'entends pleurer. Alors, bêtement, je pleure aussi.

***

— Tu sais comment on soigne les blessures qui ne se voient pas ? demandé-je à Madeleine.

— Ce sont les pires, répond mon amie.

Oui, Madeleine est devenue mon amie. La personne à qui je confie mes peurs, mes cauchemars et mes rêves. Mes joies, mes peines, ce qu'il y a au plus profond de moi. Ce que je suis et ce que j'aimerais être.

— Ce sont les pires, répète Madeleine.

— Tu sais pas comment on fait, donc ?

— Non, Mahdi.

— Je crois que mon père, il est tout cassé dedans. Et je sais pas comment le réparer.

Elle me serre contre elle, longtemps. Si longtemps que la nuit tombe.

***

Il a fallu que je demande l'itinéraire au chauffeur du bus. Il a fallu que j'arpente toutes les allées. Et puis enfin, je l'ai trouvée.

La tombe de la famille Thibault.

J'ai eu de la chance, beaucoup de chance même. Elle aurait pu se trouver dans un autre cimetière. Parce que les cimetières, c'est pas ça qui manque par ici. Comme partout, d'ailleurs. Il y a quelques noms sur la stèle, gravés en lettres dorées. Et en face de chacun, un petit médaillon avec une photo. La dernière, c'est M. Thibault, sans doute le mari de Madeleine, et je découvre qu'il est mort il y a neuf ans. Juste au-dessus, il y a la photo d'un jeune garçon qui sourit. La même photo que dans le cadre de la salle à manger.

Il s'appelait Marc et, quand il est mort, il avait sept ans.

C'est jeune, pour quitter ce monde.

— Qu'est-ce que tu fais là, toi ?

Je me retourne et tombe nez à nez avec un homme armé d'une pelle et qui me regarde de travers.

— Tu viens pas voler des trucs, non ?

— Non, monsieur. Je venais voir la tombe de Madeleine…

Il fronce les sourcils.

— Madeleine n'est pas encore morte !

— Je sais. La tombe de sa famille en tout cas.

— Tu la connais ?

— Très bien, dis-je. C'est une amie… On habite dans le même immeuble. C'est ma voisine ! Ma grand-mère d'adoption en quelque sorte.

Je suis plutôt fier de ma formulation.

— Ah…

— Il est mort jeune, son fils, continué-je.

L'homme s'appuie sur sa pelle et regarde la stèle à son tour.

— Ça, tu peux le dire…

— Elle vient souvent lui rendre visite ?

— Tous les matins que Dieu fait.

— Vous savez comment ça s'est passé ?

Il me fixe à nouveau bizarrement.

— Elle ose pas m'en parler, ajouté-je. Mais moi, j'aimerais bien l'aider…

— T'es un drôle de gars, toi ! rigole l'homme à la pelle.

— Alors, vous savez ?

— D'après ce qu'elle m'a dit, il est mort dans un accident de voiture et je crois bien que c'est elle qui conduisait…

C'est bizarre, mais je n'arrive pas à imaginer Madeleine au volant d'une voiture. Un peu comme si je voyais la reine d'Angleterre jouer au foot.

— Merci, dis-je en soupirant.

Je le salue et m'éloigne. Aujourd'hui, c'est samedi et donc, je ne vais pas chez Madeleine. Ma mère dit que Mme Thibault me *supporte* tous les soirs de la semaine et que je ne dois pas *l'embêter* le week-end. Sauf que ma mère ignore que Madeleine ne me supporte pas.

Elle m'aime.

***

Aujourd'hui, pour changer un peu, Madeleine m'a préparé un gâteau au chocolat et j'en avale deux parts.

— Ton camarade t'a encore importuné ? me demande-t-elle.

La formulation me fait sourire. Du Madeleine tout craché. La même question posée par l'un de mes potes donnerait un truc du genre : *Il t'a encore fait chier, ce bâtard ?*

Je hausse les épaules. En vérité, pas plus que d'habitude.

— Il m'a traité de *fils de bonniche.*

— Réponds-lui que ta mère est une femme courageuse qui travaille pour élever son enfant du mieux qu'elle peut…

— Si je lui réponds ça, il va bien se marrer !… Si je veux lui clouer le bec, je dois plutôt lui dire d'*aller se faire enculer* !

Outrée, Madeleine écarquille les yeux. Puis, au bout de quelques secondes, elle part dans un grand éclat de rire. Je la suis et nous allons jusqu'aux larmes. Ensuite, nous passons aux devoirs et je me tords les neurones dans tous les sens pour écrire une petite rédaction que Mme Lenoir nous a demandé de faire. Le sujet, passionnant, est *un dimanche avec tes parents*. Elle a sans doute oublié qu'un élève sur trois est un enfant de divorcé. Quel tact ! Mais de mon côté, même si mes parents n'ont pas divorcé, je ne peux pas vraiment faire le malin… Que vais-je bien pouvoir lui dire ? *Un dimanche à regarder mon père sombrer*. Ça ferait un bon titre, je pense.

— Invente, me conseille Madeleine. Écris le dimanche idéal, celui dont tu rêves…

— On partirait avec maman, papa et toi à Disneyland, dis-je. Ouais, ça ce serait cool !

— Eh bien imagine qu'on y est allés dimanche dernier tous ensemble, poursuit Madeleine.

— Ben ouais, mais je connais pas Disneyland. Comment je vais faire ?

— Dans ce cas, disons que nous sommes allés au bord de la mer, continue-t-elle.

— J'ai jamais vu la mer non plus.

Madeleine soupire et se creuse la cervelle. Puis, comme elle ne connaît pas plus Disneyland que moi, elle me raconte la mer. Les plages, le sable, les vagues. Le sel sur la peau, le vent dans les cheveux, les algues sous les pieds. Mon stylo devient léger comme une plume. Quand je le pose, j'ai fait la plus belle rédaction de ma vie.

— Je me demande si un jour mon père m'emmènera au bord de la mer, dis-je. On n'a même pas de voiture !

Instantanément, je regrette d'avoir prononcé ce mot qui, pour Madeleine, doit être terrible.

Pourtant, son visage ne laisse rien paraître. Alors j'enchaîne :

— Maintenant, chaque soir, quand il s'endort devant la télé, je lui dis qu'il est le plus fort, raconté-je à mon amie.

— Ça doit lui faire plaisir, assure-t-elle.

— Mais peut-être que je devrais lui dire que c'est pas sa faute ? Qu'il faudrait qu'il arrête de se sentir coupable…

Je vois les mains de Madeleine se crisper légèrement. Je pose les miennes dessus et la fixe droit dans les yeux.

— C'est pas ta faute, murmuré-je. Pas ta faute…

Madeleine tourne la tête vers la fenêtre pour me cacher quelques larmes.

— Ça lui ferait plaisir aussi, parvient-elle à dire.

— Raconte, s'il te plaît.

Étonnée, elle me regarde à nouveau.

— De quoi tu parles, Mahdi ?

— Je parle de Marc.

Ses mains se mettent à trembler. J'espère qu'elle ne va pas me jeter dehors…

Elle ne m'a pas jeté dehors. Elle m'a seulement raconté. Ce jour maudit où son enfant est mort sous ses yeux. Ils partaient tous les deux en voiture chez sa sœur. C'était un dimanche. Il faisait beau, il faisait chaud. Madeleine a baissé la vitre et allumé une cigarette. Mais ses doigts l'ont lâchée et la cigarette est tombée sur le siège, entre ses cuisses. Alors, pendant quelques secondes, Madeleine n'a pas regardé la route.

La voiture de devant a freiné, Marc a traversé le pare-brise.

***

Je sors de l'école et me mets à courir sur le trottoir. J'ai eu 9 sur 10 à ma rédaction. J'ai hâte de l'annoncer à Madeleine ! Hier, comme chaque soir, je lui ai demandé :

— C'est quoi les yeux du poète ?

Je m'attendais à la réponse habituelle, mais Madeleine a répondu autre chose.

— Avoir les yeux du poète, ça veut dire que tu sais voir et comprendre le monde.

Ça m'a laissé tout bizarre. Et tout fier, aussi.

Je monte les marches deux par deux, pressé d'arriver au deuxième. Sur le palier, j'ouvre mon sac et en sors mon cahier de français. J'ai un plan : je vais faire croire à Madeleine que l'instit' n'a pas aimé notre prose et, ensuite, je vais lui mettre le cahier sous le nez !

Je frappe deux coups à la porte et rentre comme une fusée.

— Bonsoir, Maddie ! C'est Mahdi !

Je lâche mon cartable dans l'entrée et me rue dans la cuisine.

Madeleine est là.

Par terre, à côté de la bouteille de lait.

Elle a les yeux ouverts. La bouche aussi, comme si elle cherchait de l'air.

— Maddie ?

Tout mon corps est pétrifié. Sans doute parce qu'il sait déjà ce que mon esprit refuse.

Longtemps, j'ai pleuré. Debout dans l'entrée.

Longtemps, j'ai attendu ma mère, assis dans l'escalier.

Avoir une amie, c'était bien. Et c'est fini.

***

Je traîne les pieds dans la cour de récréation.

Ça fait un mois que Maddie m'a abandonné et je n'arrive pas à m'en remettre. Peut-être que moi aussi je fais un syndrome post-traumatique ?

Maman dit que non, que c'est juste du chagrin.

Maman dit que ça passera, avec le temps.

Papa, lui, ne dit rien.

Je tourne en rond dans la cour de récré, je me sens étranger à ce monde. Je me sens rejeté par lui. Avait-il besoin de me prendre Madeleine ? Qu'est-ce que ça pouvait bien lui faire qu'on passe deux heures ensemble chaque jour ? Ça gênait qui, après tout ?

Gabin ne m'a pas insulté depuis que Maddie est morte. On dirait qu'il sait que ce n'est pas le moment. Alors il se tient tranquille.

À 17 heures, j'entre dans l'immeuble. Maman m'a fait refaire les clefs et je pourrais me réfugier dans l'appartement. Pourtant, je reste assis dans l'escalier. Comme si j'attendais de voir Madeleine arriver. Je sais qu'elle ne viendra plus, mais j'espère peut-être quelqu'un d'autre.

Quelqu'un qui pourrait être mon ami.

Je ne sais pas si c'est parce que j'ai les yeux du poète, mais ce soir, je vois à quel point le monde est cruel. À quel point il est désert.

Encore plus désert qu'avant.

Et je comprends soudain qu'un ami, ça ne se remplace jamais.

***

J'éteins la télévision, mon père ouvre les yeux.

— Va te coucher, Mahdi. Il est tard…

— C'est pas ta faute, papa.

Je vois l'émotion submerger ses grands yeux noirs.

— C'est pas ta faute.

Mon père se lève et vacille un peu. Puis il me ramène jusqu'au lit. Je me glisse sous les draps et il dépose un baiser sur mon front.

— C'est pas ta faute, papa…

Il prend ma main dans la sienne, la serre si fort qu'il me fait mal.

— Dors bien, mon fils.

***

Aujourd'hui, c'est dimanche et je vais au cimetière poser quelques fleurs sur la tombe de Madeleine. Je crois qu'elle aurait aimé que je le fasse. Des fleurs et un pain au chocolat. Dès que je serai parti, les oiseaux viendront le manger et tiendront compagnie à Madeleine.

Je lui raconte ma semaine et toutes les conneries que je lui disais chaque soir. Je lui raconte que je me suis battu avec Gabin et que j'ai gagné. Je lui dis qu'il n'a plus osé m'insulter ni même m'approcher.

Je doute qu'elle m'entende, mais ça me fait du bien.

— Hier soir, j'ai dit à papa que c'était pas sa faute. Je le lui dirai tous les soirs… Tu penses que ça suffira ?

Je crois que mon père, il est tout cassé dedans. Et je sais pas comment le réparer…

TABLE

Éditions Belfond
92, avenue de France,
75013 Paris.

Canada :
Interforum Canada, Inc.
1055, bd René-Lévesque-Est
Bureau 1100
Montréal, Québec, H2L 4S5

ISBN : 978-2-7144-9425-2
Dépôt légal : novembre 2020

Composition : Facompo, Rouen

MIXTE
Papier issu de
sources responsables
FSC® C003309

L'éditeur de cet ouvrage s'engage dans une démarche
de certification FSC® qui contribue à la préservation
des forêts pour les générations futures.

Pour en savoir plus :
www.editis.com/engagement-rse/

Achevé d'imprimer en octobre 2020
par Normandie Roto Impression s.a.s.
61250 Lonrai
N° d'impression : 2003812

Imprimé en France